A morte e a morte de Quincas Berro Dágua

A morte e a morte de Quincas Berro Dágua

Jorge Amado

Ensaio visual
Marepe

Prefácio
Itamar Vieira Junior

Posfácio
Affonso Romano de Sant'Anna

Companhia das Letras

Copyright © 2008 by Grapiúna — Grapiúna
Produções Artísticas Ltda.
1ª edição, Livraria Martins Editora, São Paulo, 1961.
Texto estabelecido a partir dos originais revisados pelo autor.

Grafia atualizada segundo o Acordo Ortográfico da Língua Portuguesa de 1990, que entrou em vigor no Brasil em 2009.

Capa e projeto gráfico
Kiko Farkas e Guilherme Dorneles / Máquina Estúdio

Ensaio visual
Marepe

Foto de capa
Marepe. *Doce céu de Santo Antônio*, 2001.

Revisão
Bonie Santos
Eduardo Santos

Os personagens e as situações desta obra são reais apenas no universo da ficção; não se referem a pessoas e fatos concretos, e não emitem opinião sobre eles.

Dados Internacionais de Catalogação na Publicação (CIP)
(Câmara Brasileira do Livro, SP, Brasil)

Amado, Jorge, 1912-2001
A morte e a morte de Quincas Berro Dágua / Jorge Amado. — 1ª ed. — São Paulo : Companhia das Letras, 2022.

ISBN 978-65-5921-159-3

1. Ficção brasileira I. Título.
22-112037   CDD-B869.3

Índice para catálogo sistemático:
1. Ficção : Literatura brasileira   B869.3

Eliete Marques da Silva – Bibliotecária – CRB-8/9380

[2022]
Todos os direitos desta edição reservados à
EDITORA SCHWARCZ S.A.
Rua Bandeira Paulista, 702, cj. 32
04532-002 — São Paulo — SP
Telefone: (11) 3707-3500
www.companhiadasletras.com.br
www.blogdacompanhia.com.br
facebook.com/companhiadasletras
instagram.com/companhiadasletras
twitter.com/cialetras

7   **prefácio**
**A narrativa da vida,
Itamar Vieira Junior**

17   **A morte e a morte de Quincas Berro Dágua**

105   **posfácio**
**A vida e as vidas de Quincas Berro Dágua,
Affonso Romano de Sant'Anna**

119   **cronologia**

127   **crédito das imagens**

prefácio
A narrativa da vida

Itamar Vieira Junior

"Minha história consiste em minhas mortes; se eu quisesse contar a minha história, deveria contar as minhas mortes."
Imre Kertész

A HISTÓRIA DE QUINCAS BERRO DÁGUA VEIO À LUZ após o maior sucesso de Jorge Amado — dentre tantos outros: *Gabriela, cravo e canela* (1958), seu romance mais aclamado pelo público e pela crítica. É nesse contexto que tento compreender o nascimento dessa trama. Sempre imagino que quem escreve pode estar refletindo sobre seu tempo e, por isso, é sempre oportuno me situar no momento da criação. A primeira coisa a considerar é que, mesmo para Jorge Amado, um escritor prolífico e com grande número de leitores, havia uma ausência, um vazio, deixado pelas personagens de seu último romance. Quem escreve sabe o que nos acomete depois de finalizar uma história — afinal, um romance leva semanas, meses e mesmo anos para ser concluído. Dormimos e acordamos pensando nas personagens que nos habitam e que, em breve, se conseguirmos chegar a um destino com a narrativa, serão conhecidas pelos leitores. Reduzindo de maneira simplista, eu diria que, durante esse período, quem escreve vive em dois mundos: o "real" e o "imaginário", dimensões da existência e da criação que se retroalimentam de maneira inenarrável. Ainda assim, criadores — que padecem da complexa "síndrome de Deus" — têm acesso privilegiado a um desses mundos, o espaço mágico da criação. Antes de chegar a um destino com sua história e compartilhá-la com leitores, essa dimensão onírica só pode ser experimentada pelo criador. Não é uma relação fácil, nem mesmo amigável. É um processo de atenção e de muitos embates, além do desenvolvimento de uma habilidade importante: a capacidade de compreender os caminhos que as personagens nos indicam a seguir.

Certamente, naquele período, Jorge Amado vivia a repercussão de seu mais recente romance. Depois de sete meses, *Gabriela* se encontrava na sexta edição, tinha seus direitos para adaptação cobiçados pela TV e pelo cinema, e uma profusão de resenhas críticas seria publicada nos anos seguintes. Sem contar o lançamento do romance no exterior, quando figurou na lista de best-sellers do *The New York Times*. Em *Jorge Amado: Uma biografia*, Joselia Aguiar faz referência ao termo cunhado pela imprensa da época, a "Gabrielamania", para dar conta do fenômeno que o romance havia se tornado. Leitoras se deixavam bronzear, procuravam perfumes com essência de cravo e usavam flores no cabelo em alusão à personagem-título. Edições com alta tiragem, mesmo para os padrões de hoje, se multiplicavam. Amado chegava à consagração de escritor brasileiro mais lido e traduzido no mundo e assim permaneceu por muito tempo.

Seu senso de criação, porém, parecia inesgotável. Meses depois de *Gabriela*, Jorge Amado mergulharia na escrita de uma nova história, na vida de um novo personagem: o marinheiro Vasco Moscoso de Aragão, que daria origem ao romance *O capitão-de-longo-curso*. Foi quando lhe veio a inevitável pergunta: "Poderia escrever um livro melhor que Gabriela?". Quem escreve um livro de sucesso sempre tem que se deparar com anseios que muitas vezes não são seus, mas do público, da crítica, das pessoas em geral. Para Jorge, essa talvez não fosse uma questão relevante: "Bobagem. Como esperar que cada livro de um escritor seja melhor do que o anterior? Se houvesse tal receio, o lógico seria parar de vez".

O receio passou ao largo de ser um bloqueio ao seu processo criativo. Em 1959, Jorge Amado foi convidado pelo editor da *Senhor*, Nahum Sirotsky, para escrever um conto. O convite foi reforçado pelo artista plástico Carlos Scliar, diretor de arte da revista. De imediato, aceitou. Assim nascia Joaquim Soares da Cunha, o funcionário público aposentado que, depois de uma vida de burocrata e chefe de família, se tornou o maior boêmio da Bahia, quando foi batizado com a alcunha de Quincas Berro Dágua. Porém, para muitos leitores, não basta ler a história como cria de quem a escreveu. Há de se compreender também os processos que envolveram a criação: o tempo, o espaço, os eventos e as pessoas reais que os inspiraram. Dessa forma, como o próprio destino de Quincas Berro Dágua, cercado de boatos e mistérios contados por muitas personagens nas ruas da cidade da Bahia, surgiram mitos sobre a origem da novela. Um deles, reforçado pelo próprio autor, é de que teria escrito a "historinha" de vinte mil palavras "num instante", ou "numa noite inteira". Já na lembrança de sua esposa, a escritora Zélia Gattai, e da filha do casal, Paloma Amado, a novela foi escrita em dois dias inteiros. A biógrafa de Jorge Amado considera o tempo exíguo, dados a complexidade e o poder da história de Quincas Berro Dágua.

Outro mito que ainda circula é sobre a origem de Quincas, ou seja, quem ou que evento teria inspirado o escritor. Algo que já havia ocorrido com seu romance anterior, quando foram publicadas reportagens nas principais revistas e jornais do país especulando sobre quem era a mulher a inspirar o autor na composição da personagem Gabriela. Hipóteses foram levantadas de norte a sul do Brasil, e nunca se chegou de fato a uma conclusão. Já sobre Quincas Berro Dágua, Affonso Romano de Sant'Anna escreveu, no posfácio que pode ser encontrado também nesta edição, dando por solucionado o mistério: o verdadeiro Quincas não vivia no bairro do Taboão e tomava seus porres homéricos na rampa do Mercado, em Salvador, mas era o cabo Plutarco e viveu entre os bares da praça da República, no Rio de Janeiro. A versão de Jorge Amado, porém, era a de que a história ocorrera no início do século, no Ceará, e ele a teria escutado no colégio dos jesuítas onde foi interno. Prometeu a um amigo, o poeta Carlos Pena Filho, que a escreveria. E foi à memória dele, morto prematuramente em um acidente de carro, que Amado dedicou esta novela.

Joselia Aguiar ainda levanta referências, feitas por estudiosos e críticos, às obras de James Joyce e Lima Barreto como originárias da novela. O romance *Finnegans Wake*, de Joyce, publicado em 1939, narra a vida de um operário morto ao cair bêbado de uma escada. Após "beber" uma gota de uísque no próprio velório, ele ressuscita e passa a dançar. Em *Clara dos Anjos*, de Barreto, há uma passagem em que amigos embriagados "perdem" o defunto e chegam ao cemitério com o caixão vazio. Enquanto escrevo esta apresentação, penso ainda na ressurreição de Lázaro por Jesus Cristo, no Evangelho de são João, inspirado nos inúmeros mitos da vida que não se finda ou que se finda muitas vezes sem, contudo, deixar de existir. Mas o fato é que nenhuma dessas histórias se sustenta de maneira definitiva como referência ao universo ficcional de *A morte e a morte de Quincas Berro Dágua*.

O narrador já inicia a novela situando o leitor na confusão que seria tentar buscar uma explicação plausível para a morte da personagem e se antecipa ao informar que o que se encontra narrado naquelas páginas permanece envolto em "dúvidas por explicar, detalhes absurdos, contradições no depoimento das testemunhas, lacunas diversas". Ao replicar o substantivo "morte", o próprio título da história já nos antecipa a confusão, como se um apenas não bastasse para contar o sucedido a Quincas Berro Dágua. Se "morrer" pode ser um verbo intransitivo, sem a necessidade de objeto que lhe complete o sentido, as mortes enunciadas no título se complementam em significado e ainda assim não esgotam os fatos da história. No título, Jorge Amado se referia apenas às mortes físicas ou reais — ainda que uma ou outra sejam questionáveis a partir da interpretação de cada personagem —, sem considerar a "morte moral", ocorrida bem antes das duas mortes "literais", quando Joaquim, o funcionário público aposentado, assume a identidade do boêmio Quincas. Desde o primeiro capítulo o narrador nos avisa: "Não sei se esse mistério da morte (ou das sucessivas mortes) de Quincas Berro Dágua pode ser completamente decifrado". Nem mesmo gostaríamos que o fosse, porque a graça dessa trama que não envelhece está justamente no jogo de possibilidades que só a literatura pode nos oferecer.

A história de Quincas passou a ser assunto recorrente

nas ruas de Salvador, do Mercado Modelo à feira de Água de Meninos, do Taboão ao Elevador Lacerda. Virou "best-seller" — antes mesmo de ser um na realidade — quando se tornou tema de um cordel de Cuíca de Santo Amaro, vendido largamente. Escandalizou a classe pequeno-burguesa da qual o próprio Quincas fazia parte. Seus familiares suspiraram aliviados quando informados de sua morte, afinal, o pai de família que Quincas tinha sido outrora se tornou uma dor de cabeça sem precedentes. Por dez anos, Joaquim foi Quincas e levou uma "vida absurda" com os mais diversos qualitativos: "rei dos vagabundos da Bahia", "cachaceiro-mor", "filósofo esfarrapado da Rampa do Mercado", "senador das gafieiras", "vagabundo por excelência". Um beberrão conhecido em toda a cidade, vivendo na companhia de "prostitutas" e "malandros", que eu prefiro nomear de gente livre. Sim, porque é nessa nova vida que Quincas Berro Dágua se liberta das amarras sociais que o confinavam à mediocridade. Não sobraria quase nada da vida anterior de "passo medido, barba escanhoada, paletó negro de alpaca, pasta sob o braço", ouvindo muito mais do que falava, "opinando sobre o tempo e a política". Depois da "morte moral", Joaquim passaria a ser Quincas, visto sempre bêbado, estendido nas sarjetas, na zona degradada da cidade e abraçado ao povo historicamente subalternizado. Abandonou a apatia de funcionário burocrata da Mesa de Rendas Estadual, o casamento aparentemente infeliz com Otacília, e passou a ser o dono da rua e do amor de Quitéria do Olho Arregalado.

Nesta inventiva crônica do bem-viver ou do bem-morrer, como queiram, em que vida e morte dançam como duas amantes, Jorge Amado mais uma vez volta seu olhar e sua arte para descrever a vida social brasileira de meados do século XX. No final dos anos 1950, o escritor já tinha se afastado da militância comunista, mas sem nunca perder de vista o aprendizado adquirido sobre as relações de classe e a natureza de nossas persistentes mazelas. Essa consciência permeia toda sua obra, para o terror dos críticos que, muitas vezes, veem a reflexão política inconciliável à arte literária. Os "puristas", que defendem a arte pela arte e ainda vivem entre nós, esquecem, porém, que as personagens não estão apartadas do ambiente em que estão inseridas, da História. Pelo contrário, são atravessadas de forma definitiva por sua experiência social, condicionadas sobretudo pelo lugar que ocupam no mundo. Essa consciência, aliada à sensibilidade humanística de Jorge Amado, fez com que toda sua literatura fosse povoada por personagens que vivem às margens, muitas vezes destituídas de elementos essenciais, menos de humanidade. O escritor não apenas restitui-lhes a dignidade, mas faz de cada existência, independente da origem e do lugar ocupado na sociedade, singular e plena.

Ao enveredar na leitura da obra de Jorge Amado, ainda na adolescência, tive descortinada parte de minha experiência como ser social. Aprendi que qualquer vida, por mais desprezada que possa parecer, é habitada por uma grande história. Em um país com um passado — e um presente — moldado pelo colonialismo e pelo sistema escravagista, ter personagens como Antônio Balduíno, Pedro Archanjo, Gabriela, Tereza Batista e tantos outros povoando e protagonizando romances com grande público sem dúvida foi fundamental para que a literatura brasileira trilhasse por um caminho onde, quiçá, possa vir a refletir a diversidade de sua sociedade. É aí que afirmo a impossibilidade de se separar o político do artístico.

Quando Amado foi deputado federal pelo Partido Comunista Brasileiro, deixou como legado à Constituição brasileira promulgada em 1946 a emenda 3218, que tratava do livre exercício de crença religiosa. Era um tempo em que as religiões de matriz africana eram perseguidas pelo Estado brasileiro. Querido pelo povo de santo e grande amigo das ialorixás de Salvador, o Amado ateu se tornou Obá de Xangô e descreveu com força e poesia a vida da gente negra e mestiça da Bahia. Foi dessa maneira que contribuiu para colocar em evidência o protagonismo negro na nossa literatura, escrevendo sobre homens e mulheres fortes e divulgando a cultura e a diversidade brasileira mundo afora.

Essa mesma gente forte habita *A morte e a morte de Quincas Berro Dágua*. Negro Pastinha, Quitéria e tantos outros que fizeram parte da outra vida, livre, que Quincas decidiu ter. Uma história contada com o humor que o caso requer, habilidade que Jorge Amado tinha como ninguém. As mortes de Quincas estão mais para uma metáfora da separação de mundos e de caminhos que para o seu significado etimológico (*mors, mortis*): fim da existência, extinção. Transbordando humanidade, a história de Quincas ganhou ares de lenda na Salvador, Cidade da Bahia, da novela. Depois da primeira publicação na revista *Senhor*, em junho de 1959, a história ganhou uma edição em livro em 1961, junto com o romance *O capitão-de-longo-curso*, sob o título *Os velhos marinheiros*. Apenas em 1967 foi editada de maneira independente, em comemoração aos trinta anos da Livraria Martins Fontes. De lá para cá foi traduzida para dezenas de idiomas e vendeu milhões de exemplares. Foi adaptada para o teatro, para o cinema e se tornou espetáculo de balé. Hoje é reconhecida como uma obra-prima da nossa literatura e por todo o mundo continua a encantar leitoras e leitores que há mais de sessenta anos se espantam e se divertem com as vidas — e as mortes — de Quincas Berro Dágua.

A morte e a morte de Quincas Berro Dágua

Para Zélia, na rampa dos saveiros.

À memória de Carlos Pena Filho, mestre da poesia e da vida, Berrito Dágua na mesa do bar, comandante de fina palidez na mesa de pôquer, hoje navegando em mar ignoto com suas asas de anjo, esta história que eu lhe prometi contar.

Para Laís e Rui Antunes, em cuja casa pernambucana e fraternal cresceram, ao calor da amizade, Quincas e sua gente.

Cada qual cuide de seu enterro, impossível não há.

(frase derradeira de Quincas Berro Dágua segundo Quitéria que estava ao seu lado)

1

ATÉ HOJE PERMANECE CERTA CONFUSÃO em torno da morte de Quincas Berro Dágua. Dúvidas por explicar, detalhes absurdos, contradições no depoimento das testemunhas, lacunas diversas. Não há clareza sobre hora, local e frase derradeira. A família, apoiada por vizinhos e conhecidos, mantém-se intransigente na versão da tranquila morte matinal, sem testemunhas, sem aparato, sem frase, acontecida quase vinte horas antes daquela outra propalada e comentada morte na agonia da noite, quando a lua se desfez sobre o mar e aconteceram mistérios na orla do cais da Bahia. Presenciada, no entanto, por testemunhas idôneas, largamente falada nas ladeiras e becos escusos, a frase final repetida de boca em boca representou, na opinião daquela gente, mais que uma simples despedida do mundo, um testemunho profético, mensagem de profundo conteúdo (como escreveria um jovem autor de nosso tempo).

Tantas testemunhas idôneas, entre as quais mestre Manuel e Quitéria do Olho Arregalado, mulher de uma só palavra, e, apesar disso, há quem negue toda e qualquer autenticidade não só à admirada frase mas a todos os acontecimentos daquela noite memorável, quando, em hora duvidosa e em condições discutíveis, Quincas Berro Dágua mergulhou no mar da Bahia e viajou para sempre, para nunca mais voltar. Assim é o mundo, povoado de céticos e negativistas, amarrados, como bois na canga, à ordem e à lei, aos procedimentos habituais, ao papel selado. Exibem eles, vitoriosamente, o atestado de óbito assinado pelo médico quase ao meio-dia e com esse simples papel — só porque contém letras impressas e estampilhas — tentam apagar as horas intensamente vividas por Quincas Berro Dágua até sua partida, por livre e espontânea vontade, como declarou, em alto e bom som, aos amigos e outras pessoas presentes.

A família do morto — sua respeitável filha e seu formalizado genro, funcionário público de promissora carreira; tia Marocas e seu irmão mais moço, comerciante com modesto crédito num banco — afirma não passar toda a história de grossa intrujice, invenção de bêbedos inveterados, patifes à margem da lei e da sociedade, velhacos cuja paisagem devera ser as grades da cadeia e não a liberdade das ruas, o porto da

Bahia, as praias de areia branca, a noite imensa. Cometendo uma injustiça, atribuem a esses amigos de Quincas toda a responsabilidade da malfadada existência por ele vivida nos últimos anos, quando se tornara desgosto e vergonha para a família. A ponto de seu nome não ser pronunciado e seus feitos não serem comentados na presença inocente das crianças, para as quais o avô Joaquim, de saudosa memória, morrera há muito, decentemente, cercado da estima e do respeito de todos. O que nos leva a constatar ter havido uma primeira morte, se não física pelo menos moral, datada de anos antes, somando um total de três, fazendo de Quincas um recordista da morte, um campeão do falecimento, dando-nos o direito de pensar terem sido os acontecimentos posteriores — a partir do atestado de óbito até seu mergulho no mar — uma farsa montada por ele com o intuito de mais uma vez atazanar a vida dos parentes, desgostar-lhes a existência, mergulhando-os na vergonha e nas murmurações da rua. Não era ele homem de respeito e de conveniência, apesar do respeito dedicado por seus parceiros de jogo a jogador de tão invejada sorte e a bebedor de cachaça tão longa e conversada.

Não sei se esse mistério da morte (ou das sucessivas mortes) de Quincas Berro Dágua pode ser completamente decifrado. Mas eu o tentarei, como ele próprio aconselhava, pois o importante é tentar, mesmo o impossível.

2

OS PATIFES QUE CONTAVAM, PELAS RUAS e ladeiras, em frente ao mercado e na feira de Água de Meninos, os momentos finais de Quincas (até um folheto com versos de pé-quebrado foi composto pelo repentista Cuíca de Santo Amaro e vendido largamente), desrespeitavam assim a memória do morto, segundo a família. E memória de morto, como se sabe, é coisa sagrada, não é para estar na boca pouco limpa de cachaceiros, jogadores e contrabandistas de maconha. Nem para servir de rima pobre a cantadores populares na entrada do Elevador Lacerda, por onde passa tanta gente de bem, inclusive colegas de repartição de Leonardo Barreto, humilhado genro de Quincas. Quando um homem morre, ele se reintegra em sua respeitabilidade a mais autêntica, mesmo tendo cometido loucuras em sua vida. A morte apaga, com sua mão de ausência, as manchas do passado e a memória do morto fulge como diamante. Essa a tese da família, aplaudida por vizinhos e amigos. Segundo eles, Quincas Berro Dágua, ao morrer, voltara a ser aquele antigo e respeitável Joaquim Soares da Cunha, de boa família, exemplar funcionário da mesa de rendas estadual, de passo medido, barba escanhoada, paletó negro de alpaca, pasta sob o braço, ouvido com respeito pelos vizinhos, opinando sobre o tempo e a política, jamais visto num botequim, de cachaça caseira e comedida. Em realidade, num esforço digno de todos os aplausos, a família conseguira que assim brilhasse, sem jaça, a memória de Quincas desde alguns anos, ao decretá-lo morto para a sociedade. Dele falavam no passado quando, obrigados pelas circunstâncias, a ele se referiam. Infelizmente, porém, de quando em vez algum vizinho, um colega qualquer de Leonardo, amiga faladeira de Vanda (a filha envergonhada), encontrava Quincas ou dele sabia por intermédio de terceiros. Era como se um morto se levantasse do túmulo para macular a própria memória: estendido bêbedo, ao sol em plena manhã alta, nas imediações da Rampa do Mercado ou sujo e maltrapilho, curvado sobre cartas sebentas no átrio da igreja do Pilar ou ainda cantando com voz rouquenha na ladeira de São Miguel abraçado a negras e mulatas de má vida. Um horror!

Quando finalmente, naquela manhã, um santeiro estabelecido na ladeira do Tabuão chegou aflito à pequena porém bem-arrumada casa da família Barreto e comunicou à filha Vanda e ao genro Leonardo estar Quincas definitivamente espichado, morto em sua pocilga miserável, foi um suspiro de alívio que se elevou uníssono dos peitos dos esposos. De agora em diante já não seria a memória do aposentado funcionário da mesa de rendas estadual perturbada e arrastada na lama pelos atos inconsequentes do vagabundo em que ele se transformara no fim da vida. Chegara o tempo do merecido descanso. Já poderiam falar livremente de Joaquim Soares da Cunha, louvar-lhe a conduta de funcionário, de esposo e pai, de cidadão, apontar suas virtudes às crianças como exemplo, ensiná-las a amar a memória do avô, sem receio de qualquer perturbação.

O santeiro, velho magro, de carapinha branca, estendia-se em detalhes: uma negra, vendedora de mingau, acarajé, abará e outras comilanças, tinha um importante assunto a tratar com Quincas naquela manhã. Ele havia-lhe prometido arranjar certas ervas difíceis de encontrar, imprescindíveis para obrigações de candomblé. A negra viera pelas ervas, urgia recebê-las, estavam na época sagrada das festas de Xangô. Como sempre, a porta do quarto, no alto da íngreme escada, encontrava-se aberta. De há muito perdera Quincas a grande chave centenária. Aliás, constava que ele a vendera a uns turistas, em dia magro de má sorte no jogo, ajuntando-lhe uma história com datas e detalhes, promovendo-a a chave benta de igreja. A negra chamou, não obteve resposta, pensou-o ainda adormecido, empurrou a porta. Quincas sorria deitado no catre — o lençol negro de sujo, uma rasgada colcha sobre as pernas —, era seu habitual sorriso acolhedor, ela nem se deu conta de nada. Perguntou-lhe pelas prometidas ervas, ele sorria sem responder. O dedão do pé direito saía por um buraco da meia, os sapatos rotos estavam no chão. A negra, íntima e acostumada às brincadeiras de Quincas, sentou-se na cama, disse-lhe estar com pressa. Admirou-se dele não estender a mão libertina, viciada nos beliscões e apalpadelas. Fitou mais uma vez o dedo grande do pé direito, achou esquisito. Tocou o corpo de Quincas. Levantou-se alarmada, tomou da mão fria. Desceu as escadas correndo, espalhou a notícia.

Filha e genro ouviam sem prazer aqueles detalhes com negra e ervas, apalpadelas e candomblé. Balançavam a cabeça, quase apressavam o santeiro, homem calmo, amigo de narrar uma história com todos os detalhes. Só ele sabia dos parentes de Quincas, revelados em noite de grande bebedeira, e por isso viera. Adotava uma fisionomia compungida para apresentar "seus sentidos pêsames".

Estava na hora de Leonardo ir para a repartição. Disse à esposa:

— Vai na frente, eu passo na repartição e não demoro a chegar. Tenho de assinar o ponto. Falo com o chefe...

Mandaram o santeiro entrar, ofereceram-lhe uma cadeira na sala. Vanda foi mudar a roupa. O santeiro contava de Quincas a Leonardo, não havia quem não gostasse dele na ladeira do Tabuão. Por que se entregara ele — homem de boa família e de posses, como o santeiro podia constatar ao ter o prazer de travar conhecimento com sua filha e seu genro — àquela vida de vagabundo? Algum desgosto? Devia ser, com certeza. Talvez a esposa o houvesse carregado de chifres, muitas vezes sucedia. E o santeiro punha os indicadores na testa, numa interrogação frascária: tinha adivinhado?

— Dona Otacília, minha sogra, era uma santa mulher!

O santeiro coçou o queixo: por quê, então? Mas Leonardo não respondeu, foi atender Vanda, que o chamava do quarto.

— É preciso avisar...

— Avisar? A quem? Pra quê?

— A tia Marocas e a tio Eduardo... Aos vizinhos. Convidar para o enterro...

— Para que avisar logo aos vizinhos? Depois a gente conta. Senão vai ser um converseiro danado...

— Mas tia Marocas...

— Falo com ela e Eduardo... Depois de passar na repartição. Anda depressa senão esse tal que veio trazer a notícia sai por aí espalhando...

— Quem diria... Morrer assim, sem ninguém...

— De quem a culpa? Dele mesmo, maluco...

Na sala, o santeiro admirava um colorido retrato de Quincas, antigo, de uns quinze anos, senhor bem-posto, colarinho alto, gravata negra, bigodes de ponta, cabelo lustroso e faces róseas. Ao lado, em moldura idêntica, o olhar acusador e a boca dura, Dona Otacília, num vestido preto, de rendas. O santeiro estudou a fisionomia azeda:

— Não tem cara de quem engana marido... Em compensação, devia ser um osso duro de roer... Santa mulher? Não acredito...

3

UMAS POUCAS PESSOAS, GENTE DA LADEIRA, espiavam o cadáver quando Vanda chegou. O santeiro informava em voz baixa:

— É a filha. Tinha filha, genro, irmãos. Gente distinta. O genro é funcionário, mora em Itapagipe. Casa de primeira...

Afastavam-se para ela passar, curiosos de vê-la lançar-se sobre o cadáver, abraçá-lo, envolver-se em lágrimas, soluçar talvez. No catre, Quincas Berro Dágua, as calças velhas e remendadas, a camisa aos pedaços, num seboso e enorme colete, sorria como se estivesse a divertir-se. Vanda ficou imóvel, olhando o rosto de barba por fazer, as mãos sujas, o dedo grande do pé saindo da meia furada. Não tinha mais lágrimas para chorar nem soluços com que encher o quarto, desperdiçados umas e outros nos primeiros tempos da maluquice de Quincas, quando ela fizera tentativas reiteradas de trazê-lo de volta à casa abandonada. Agora apenas olhava, o rosto ruborizado de vergonha.

Era um morto pouco apresentável, cadáver de vagabundo falecido ao azar, sem decência na morte, sem respeito, rindo-se cinicamente, rindo-se dela, com certeza de Leonardo, do resto da família. Cadáver para necrotério, para ir no rabecão da polícia servir depois aos alunos da faculdade de medicina nas aulas práticas, ser finalmente enterrado em cova rasa, sem cruz e sem inscrição. Era o cadáver de Quincas Berro Dágua, cachaceiro, debochado e jogador, sem família, sem lar, sem flores e sem rezas. Não era Joaquim Soares da Cunha, correto funcionário da mesa de rendas estadual, aposentado após vinte e cinco anos de bons e leais serviços, esposo modelar, a quem todos tiravam o chapéu e apertavam a mão. Como pode um homem, aos cinquenta anos, abandonar a família, a casa, os hábitos de toda uma vida, os conhecidos antigos, para vagabundear pelas ruas, beber nos botequins baratos, frequentar o meretrício, viver sujo e barbado, morar em infame pocilga, dormir em um catre miserável? Vanda não encontrava explicação válida. Muitas vezes, à noite, após a morte de Otacília — nem naquela ocasião solene Quincas aceitara voltar para a companhia dos seus — discutira o assunto com o marido. Loucura não era, pelo menos loucura de hospício, os médicos tinham sido unânimes. Como explicar, então?

Agora, porém, tudo aquilo terminava, aquele pesadelo de anos, aquela mancha na dignidade da família. Vanda herdara da mãe certo senso prático, a capacidade de tomar rapidamente decisões e executá-las. Enquanto olhava o morto, desagradável caricatura do que fora seu pai, ia resolvendo o que fazer. Primeiro chamar o médico para o atestado de óbito. Depois vestir decentemente o cadáver, transportá-lo para casa, enterrá-lo ao lado de Otacília, num enterro que não fosse muito caro, pois os tempos andavam difíceis, mas que tampouco os deixasse mal ante a vizinhança, os conhecidos, os colegas de Leonardo. Tia Marocas e tio Eduardo ajudariam. E pensando nisso, os olhos fitos na face sorridente de Quincas, Vanda pensou no destino da aposentadoria do pai. Eles a herdariam ou receberiam apenas o montepio? Talvez Leonardo soubesse...

Voltou-se para os curiosos ainda a fitá-la, era aquela gentinha do Tabuão, a ralé em cuja companhia Quincas se comprazia. Que faziam ali? Não compreendiam que Quincas Berro Dágua terminara ao exalar o último suspiro? Que ele fora apenas uma invenção do diabo? Um sonho mau, um pesadelo? Novamente Joaquim Soares da Cunha voltaria e estaria um pouco entre os seus, no conforto de uma casa honesta, reintegrado em sua respeitabilidade. Chegara a hora do retorno e desta vez Quincas não poderia rir na cara da filha e do genro, mandá-los plantar batatas, dar-lhes um adeusinho irônico e sair assoviando. Estava estendido no catre, sem movimentos. Quincas Berro Dágua acabara.

Vanda levantou a cabeça, passeou um olhar vitorioso pelos presentes, ordenou com aquela voz de Otacília:

— Desejam alguma coisa? Senão, podem ir saindo.

Dirigiu-se depois ao santeiro:

— O senhor podia fazer o favor de chamar um médico? Para o atestado de óbito.

O santeiro aquiesceu com a cabeça, estava impressionado. Os outros retiravam-se devagar. Vanda ficou só com o cadáver. Quincas Berro Dágua sorria e o dedo grande do pé direito parecia crescer no buraco da meia.

4

PROCUROU ONDE SENTAR. TUDO QUE HAVIA, além do catre, era um caixão de querosene vazio. Vanda o pôs de pé, soprou a poeira, sentou-se. Quanto tempo demoraria o médico a chegar? E Leonardo? Imaginou o marido cheio de dedos na repartição, explicando ao chefe a inesperada morte do sogro. O chefe de Leonardo conhecera Joaquim nos bons tempos da mesa de rendas. E quem não o conhecera então, quem não lhe tinha consideração, quem poderia imaginar o seu destino? Para Leonardo seriam momentos difíceis, comentando com o chefe as loucuras do velho, buscando explicação para elas. O pior seria se a notícia se espalhasse entre os colegas, murmurada de mesa em mesa, enchendo as bocas de risinhos maledicentes, de piadas grosseiras, de comentários de mau gosto. Era uma cruz aquele pai, transformara suas vidas num calvário, estavam agora no cimo do morro, era ter um pouco mais de paciência. Com o rabo do olho, Vanda espiou o morto. Lá estava ele sorrindo, achando tudo aquilo infinitamente engraçado.

É pecado ter raiva de um morto, ainda mais se esse morto é o pai da gente. Vanda conteve-se, era pessoa religiosa, frequentava a igreja do Bonfim, um pouco espírita também, acreditava na reencarnação. Além do mais, agora pouco importava o sorriso de Quincas. Era ela finalmente quem mandava e dentro em pouco ele voltaria a ser o pacato Joaquim Soares da Cunha, irrepreensível cidadão.

O santeiro entrou com o médico, rapaz jovem, certamente recém-formado pois ainda se dava ao trabalho de representar o profissional competente. O santeiro apontou o morto, o médico cumprimentou Vanda, abriu a maleta de couro brilhante. Vanda levantou-se, afastando o caixão de querosene.

— De que morreu?

Foi o santeiro quem explicou:

— Foi encontrado morto, assim como está.

— Sofria alguma enfermidade?

— Não sei não senhor. Conheço ele há uns dez anos e sempre sadio como um boi. A não ser que o doutor...

— O quê?

— ... chame cachaça de doença. Virava um bocado, era bom no trago.

Vanda tossiu, repreensiva. O doutor dirigiu-se a ela:

— Era empregado da senhora?

Houve um silêncio breve e pesado. A voz veio de longe:

— Era meu pai.

Doutor jovem, ainda sem experiência da vida. Mediu Vanda, seu vestido de dia de festa, sua limpeza, os sapatos altos. Espiou o morto de pobreza sem medida, o quarto de desmedida miséria.

— E ele vivia aqui?

— Fizemos tudo para que voltasse para casa. Era...

— Maluco?

Vanda abriu os braços, estava com vontade de chorar. O médico não insistiu. Sentou-se na beira da cama, começou o exame. Suspendeu a cabeça e disse:

— Ele está rindo, hein! Cara de debochado.

Vanda fechou os olhos, apertou as mãos, o rosto vermelho de vergonha.

5

O CONSELHO DE FAMÍLIA NÃO DUROU muito tempo. Discutiram na mesa de um restaurante na Baixa dos Sapateiros. Pela rua movimentada passava a multidão, álacre e apressada. Bem em frente, um cinema. O cadáver ficara entregue aos cuidados de uma empresa funerária, propriedade de um amigo do tio Eduardo. Vinte por cento de abatimento.

Tio Eduardo explicava:

— Caro mesmo é o caixão. E os automóveis, se for acompanhamento grande. Uma fortuna. Hoje não se pode nem morrer.

Ali por perto haviam comprado uma roupa nova, preta (a fazenda não era grande coisa, mas, como dizia Eduardo, para ser comida pelos vermes estava até boa demais), um par de sapatos também pretos, camisa branca, gravata, par de meias. Cuecas não eram necessárias. Eduardo anotava num caderninho cada despesa feita. Mestre na economia, seu armazém prosperava.

Nas mãos hábeis dos especialistas da agência funerária, Quincas Berro Dágua ia voltando a ser Joaquim Soares da Cunha, enquanto os parentes comiam peixada no restaurante e discutiam sobre o enterro. Discussão mesmo só houve em torno de um detalhe: de onde sair o caixão.

Vanda pensara levar o cadáver para casa, realizar o velório na sala, oferecendo café, licor e bolinhos aos presentes, durante a noite. Chamar padre Roque para a encomendação do corpo. Realizar o enterro pela manhã cedo, de tal maneira que pudesse vir muita gente, colegas de repartição, velhos conhecidos, amigos da família. Leonardo opusera-se. Para que levar o defunto para casa? Para que convidar vizinhos e amigos, incomodar um bocado de gente? Só para que todos eles ficassem recordando as loucuras do finado, sua vida inconfessável dos últimos anos, para expor a vergonha da família ante todo mundo? Como sucedera naquela manhã na repartição. Não se havia falado noutra coisa. Cada um sabia uma história de Quincas e a contava entre gargalhadas. Ele próprio, Leonardo, nunca imaginara que o sogro houvesse feito tantas e tais. Cada uma de arrepiar... Sem levar em conta que muitas daquelas pessoas acreditavam Quincas morto e enterrado ou bem vivendo no interior do estado.

E as crianças? Veneravam a memória de um avô exemplar, descansando na santa paz de Deus, e, de repente, chegariam os pais com o cadáver de um vagabundo debaixo do braço, atiravam com ele no nariz dos inocentes. Sem falar na trabalheira que iam ter, na despesa a aumentar, como se já não bastasse a do enterro, da roupa nova, do par de sapatos. Ele, Leonardo, estava necessitando de um par de sapatos, no entanto mandara botar meia-sola nuns velhíssimos para economizar. Agora, com aquele desparrame de dinheiro, quando poderia pensar em sapatos novos?

Tia Marocas, gordíssima, adorando a peixada do restaurante, era da mesma opinião:

— O melhor é espalhar que ele morreu no interior, que chegou um telegrama. Depois a gente convida para a missa de sétimo dia. Vai quem quiser, a gente não é obrigada a dar condução.

Vanda suspendeu o garfo:

— Apesar dos pesares, é meu pai. Não quero que seja enterrado como um vagabundo. Se fosse seu pai, Leonardo, você gostava?

Tio Eduardo era pouco sentimental:

— E o que ele era senão um vagabundo? E dos piores da Bahia. Nem por ser meu irmão posso negar...

Tia Marocas arrotou, o bucho farto, o coração também:

— Coitado do Joaquim... Tinha bom gênio. Não fazia

nada por mal. Gostava dessa vida, é o destino de cada um. Desde menino era assim. Uma vez, tu lembra, Eduardo?... quis fugir com um circo. Levou uma surra de arrancar o pelo — bateu na coxa de Vanda a seu lado, como a desculpar-se.

— E tua mãe, minha querida, era um bocado mandona. Um dia ele arribou. Me disse que queria ser livre como um passarinho. A verdade é que ele tinha graça.

Ninguém achou graça. Vanda fechara o rosto, obstinava-se:

— Não estou defendendo ele. Muito nos fez sofrer, a mim e a minha mãe, que era mulher de bem. E a Leonardo. Mas nem por isso quero que seja enterrado como um cão sem dono. O que é que iriam dizer quando soubessem? Antes de dar pra doido, era pessoa considerada. Deve ser enterrado direito.

Leonardo olhou-a suplicante. Sabia não adiantar discutir com Vanda, ela acabava sempre por impor suas opiniões e seus desejos. Também fora assim no tempo de Joaquim e Otacília, apenas um dia Joaquim largou tudo e ganhou o mundo. Que jeito, senão arrastar com o cadáver para casa, sair avisando conhecidos e amigos, convocar gente por telefone, passar a noite acordado, ouvindo contar coisas de Quincas, os risos em surdina, as piscadelas de olho, tudo isso durando até à saída do enterro? Aquele sogro amargurara-lhe a vida, dera-lhe os maiores desgostos. Leonardo vivia no receio de "mais uma das dele", de abrir o jornal e deparar com a notícia de sua prisão por vagabundagem, como sucedera uma vez. Nem queria se recordar daquele dia quando, a instâncias de Vanda, andou pela polícia, mandado de um lado para outro, até encontrar Quincas no porão da central, de cuecas e descalço, a jogar tranquilamente com ladrões e vigaristas. E depois de tudo isso, quando pensava finalmente respirar, ainda tinha de suportar aquele cadáver todo um dia e uma noite, e em sua casa...

Mas Eduardo tampouco estava de acordo e era uma opinião de peso, já que o comerciante concordara em dividir as despesas do enterro:

— Tudo isso está muito bem, Vanda. Que ele seja enterrado como um cristão. Com padre, de roupa nova, coroa de flores. Não merecia nada disso, mas, afinal, é teu pai e meu irmão. Tudo isso está bem. Mas por que meter o defunto em casa...

— Por quê? — repetiu Leonardo num eco.

— ... incomodar meio mundo, ter de alugar seis ou oito automóveis para o acompanhamento? Sabe quanto custa cada um? E o transporte do cadáver do Tabuão para Itapagipe? Uma fortuna. Por que o enterro não sai daqui mesmo? Vamos nós de acompanhamento. Basta um carro. Depois, se vocês fizerem questão, a gente convida para a missa de sétimo dia.

— Comunica que ele morreu no interior. — Tia Marocas não abandonava sua proposta.

— Pode ser. Por que não?

— E quem vela o corpo?

— A gente mesmo. Pra que mais?

Vanda terminou cedendo. Em verdade — pensou —, a ideia de levar o cadáver para casa era um exagero. Só ia dar trabalho, despesa e aborrecimento. O melhor era enterrar Quincas o mais discretamente possível, comunicar depois o fato aos amigos, convidá-los para a missa de sétimo dia. Assim ficou acertado. Pediram a sobremesa. Um alto-falante berrava próximo as excelências do plano de vendas de uma companhia imobiliária.

6

TIO EDUARDO TINHA VOLTADO PARA O armazém, não podia abandoná-lo só com os empregados, uns calhordas. Tia Marocas prometera vir mais tarde para o velório, precisava passar em casa, deixara tudo ao deus-dará na pressa de saber as novidades. Leonardo, a conselho da própria Vanda, aproveitaria a tarde sem repartição para ir à companhia imobiliária, ultimar o negócio de um terreno a prazo que estavam comprando. Um dia, se Deus ajudasse, teriam sua casa própria.

Haviam estabelecido uma espécie de turnos de revezamento: Vanda e Marocas pela tarde, Leonardo e tio Eduardo pela noite. A ladeira do Tabuão não era lugar onde uma senhora pudesse ser vista à noite, ladeira de má fama, povoada de malandros e mulheres da vida. Na manhã seguinte, toda a família se reuniria para o enterro.

Foi assim que Vanda, à tarde, encontrou-se a sós com o cadáver do pai. Os ruídos de uma vida pobre e intensa, desenvolvendo-se pela ladeira, mal chegavam ao terceiro andar do cortiço onde o morto repousava após a canseira da mudança de roupa.

Os homens da empresa funerária haviam feito bom trabalho, eram competentes e treinados. Como disse o santeiro, ao passar um instante para ver como as coisas se apresentavam, "nem parecia o mesmo morto". Penteado, barbeado, vestido de negro, camisa alva e gravata, sapatos lustrosos, era realmente Joaquim Soares da Cunha quem descansava no caixão funerário — um caixão régio (constatou satisfeita Vanda), de alças douradas, com uns babados nas bordas. Haviam improvisado com tábuas e tripés de madeira uma espécie de mesa e nela elevava-se o esquife, nobre e severo. Duas velas enormes — círios de altar-mor, orgulhou-se Vanda — lançavam uma chama débil, pois a luz da Bahia entrava pela janela e enchia o quarto de claridade. Tanta luz do sol, tanta alegre claridade, pareceram a Vanda uma desconsideração para com a morte, faziam as velas inúteis, tiravam-lhe o brilho augusto. Por um momento pensou em apagá-las, medida de economia. Mas como certamente a empresa cobraria a mesma coisa gastassem duas ou dez velas, decidiu fechar a janela e a penumbra fez-se no quarto, saltaram as chamas bentas como línguas de fogo. Vanda sentou-se numa cadeira (empréstimo do santeiro), sentia-se satisfeita. Não a simples satisfação do dever filial cumprido, algo mais profundo.

Um suspiro de satisfação escapou-se-lhe do peito. Ajeitou os cabelos castanhos com as mãos, era como se houvesse finalmente domado Quincas, como se lhe houvesse de novo posto as rédeas, aquelas que ele arrancara um dia das mãos fortes de Otacília, rindo-lhe na cara. A sombra de um sorriso aflorou nos lábios de Vanda, que seriam belos e desejáveis não fosse certa rígida dureza a marcá-los. Sentia-se vingada de tudo quanto Quincas fizera a família sofrer, sobretudo a ela própria e a Otacília. Aquela humilhação de anos e anos. Dez anos levara Joaquim essa vida absurda. "Rei dos vagabundos da Bahia", escreviam sobre ele nas colunas policiais das gazetas, tipo de rua citado em crônicas de literatos ávidos de fácil pitoresco, dez anos envergonhando a família, salpicando-a com a lama daquela inconfessável celebridade. O "cachaceiro-mor de Salvador", o "filósofo esfarrapado da Rampa do Mercado", o "senador das gafieiras", Quincas Berro Dágua, o "vagabundo por excelência", eis como o tratavam nos jornais, onde por vezes sua sórdida fotografia era estampada. Meu Deus!, quanto pode uma filha sofrer no mundo quando o destino lhe reserva a cruz de um pai sem consciência de seus deveres.

Mas agora sentia-se contente: olhando o cadáver no caixão quase luxuoso, de roupa negra e mãos cruzadas no peito, numa atitude de devota compunção. As chamas das velas elevavam-se, faziam brilhar os sapatos novos. Tudo decente, menos o quarto, é claro. Um consolo para quem tanto se amofinara e sofrera. Vanda pensou que Otacília sentir-se-ia feliz no distante círculo do universo onde se encontrasse. Porque se impunha finalmente sua vontade, a filha devotada restaurara Joaquim Soares da Cunha, aquele bom, tímido e obediente esposo e pai: bastava levantar a voz e fechar o rosto para tê-lo cordato e conciliador. Ali estava, de mãos cruzadas sobre o peito. Para sempre desaparecera o vagabundo, o "rei da gafieira", o "patriarca da zona do baixo meretrício".

Pena que ele estivesse morto e não pudesse ver-se ao espelho, não pudesse constatar a vitória da filha, da digna família ultrajada.

Quisera Vanda nessa hora de íntima satisfação, de pura vitória, ser generosa e boa. Esquecer os últimos dez anos, como se os homens competentes da funerária os houvessem purificado com o mesmo trapo molhado em sabão com que retiraram a sujeira do corpo de Quincas. Para recordar-se apenas da infância, da adolescência, o noivado, o casamento, e a figura mansa de Joaquim Soares da Cunha meio escondido numa cadeira de lona a ler os jornais, estremecendo quando a voz de Otacília o chamava, repreensiva:

— Quincas!

Assim o apreciava, sentia ternura por ele, desse pai tinha

saudades, com um pouco mais de esforço seria capaz de comover-se, de sentir-se órfã infeliz e desolada.

O calor aumentava no quarto. Fechada a janela, não encontrava a brisa marinha por onde entrar. Tampouco a queria Vanda: mar, porto e brisa, as ladeiras subindo pela montanha, os ruídos da rua faziam parte daquela terminada existência de infame desvario. Ali deviam estar somente ela, o pai morto, o saudoso Joaquim Soares da Cunha e as lembranças mais queridas por ele deixadas. Arranca do fundo da memória cenas esquecidas. O pai a acompanhá-la a um circo de cavalinhos, armado na Ribeira por ocasião de uma festa do Bonfim. Talvez nunca o tivesse visto tão alegre, tamanho homem escarranchado em montaria de criança, a rir às gargalhadas, ele que tão raramente sorria. Recordava também a homenagem que amigos e colegas lhe prestaram, ao ser Joaquim promovido na mesa de rendas. A casa cheia de gente. Vanda era mocinha, começava a namorar. Nesse dia quem estourava de contentamento era Otacília, no meio do grupo formado na sala, com discursos, cerveja e uma caneta-tinteiro oferecida ao funcionário. Parecia ela a homenageada. Joaquim ouvia os discursos, apertava as mãos, recebia a caneta sem demonstrar entusiasmo. Como se aquilo o enfastiasse e não lhe sobrasse coragem para dizê-lo.

Lembrava-se também da fisionomia do pai quando ela

lhe comunicara a próxima visita de Leonardo, afinal resolvido a solicitar-lhe a mão. Abanara a cabeça, murmurando:

— Pobre coitado...

Vanda não admitia críticas ao noivo:

— Pobre coitado, por quê? É de boa família, está bem empregado, não é de bebedeiras e deboches...

— Sei disso... sei disso... Estava pensando noutra coisa.

Era curioso: não se recordava de muitos pormenores ligados ao pai. Como se ele não participasse ativamente da vida da casa. Poderia passar horas a lembrar-se de Otacília, cenas, fatos, frases, acontecimentos onde a mãe estava presente. A verdade é que Joaquim só começara a contar em suas vidas quando, naquele dia absurdo, depois de ter tachado Leonardo de "bestalhão", fitou a ela e a Otacília e soltou-lhes na cara, inesperadamente:

— Jararacas!

E, com a maior tranquilidade desse mundo, como se estivesse a realizar o menor e mais banal dos atos, foi-se embora e não voltou.

Nisso, porém, não queria Vanda pensar. De novo regressou à infância, era ainda ali que encontrava mais precisa a figura de Joaquim. Por exemplo, quando ela, menina de cinco anos, de cabelos cacheados e choro fácil, tivera aquele febrão alarmante. Joaquim não abandonara o quarto, sentado junto ao leito da pequena enferma, a tomar-lhe as mãos, a dar-lhe os remédios. Era um bom pai e um bom esposo. Com essa última lembrança, Vanda sentiu-se suficientemente comovida e — houvesse mais pessoas no velório — capaz de chorar um pouco, como é a obrigação de uma boa filha.

Fisionomia melancólica, fitou o cadáver. Sapatos lustrosos, onde brilhava a luz das velas, calça de vinco perfeito, paletó negro assentando, as mãos devotas cruzadas no peito. Pousou os olhos no rosto barbeado. E levou um choque, o primeiro.

Viu o sorriso. Sorriso cínico, imoral, de quem se divertia. O sorriso não havia mudado, contra ele nada tinham obtido os especialistas da funerária. Também ela, Vanda, esquecera de recomendar-lhes, de pedir uma fisionomia mais a caráter, mais de acordo com a solenidade da morte. Continuara aquele sorriso de Quincas Berro Dágua e, diante desse sorriso de mofa e gozo, de que adiantavam sapatos novos — novos em folha, enquanto o pobre Leonardo tinha de mandar botar, pela segunda vez, meia-sola nos seus —, de que adiantavam roupa negra, camisa alva, barba feita, cabelo engomado, mãos postas em oração? Porque Quincas ria daquilo tudo, um riso que se ia ampliando, alargando, que aos poucos ressoava na pocilga imunda. Ria com os lábios e com os olhos, olhos a fitarem o monte de roupa suja e remendada, esquecida num canto pelos homens da funerária. O sorriso de Quincas Berro Dágua.

E Vanda ouviu, as sílabas destacadas com nitidez insultante, no silêncio fúnebre.

— Jararaca!

Assustou-se Vanda, seus olhos fuzilaram como os de Otacília mas seu rosto tornou-se pálido. Era a palavra que ele usava, como uma cusparada, quando, no início dessa loucura, buscavam, ela e Otacília, reconduzi-lo ao conforto da casa, aos hábitos estabelecidos, à perdida decência. Nem agora, morto e estirado num caixão, com velas aos pés, vestido de boas roupas, ele se entregava. Ria com a boca e com os olhos, não era de admirar se começasse a assoviar. E, além do mais, um dos polegares — o da mão esquerda — não estava devidamente cruzado sobre o outro, elevava-se no ar, anárquico e debochativo.

— Jararaca! — disse de novo, e assoviou gaiatamente.

Vanda estremeceu na cadeira, passou a mão no rosto — Será que estou enlouquecendo? —, sentiu faltar-lhe o ar, o calor fazia-se insuportável, sua cabeça rodava. Uma respiração ofegante na escada: tia Marocas, as banhas soltas, penetrava no quarto. Viu a sobrinha descomposta na cadeira, lívida, os olhos pregados na boca do morto.

— Você está abatida, menina. Também com o calor que faz nesse cubículo...

Ampliou-se o sorriso canalha de Quincas ao enxergar o vulto monumental da irmã. Vanda quis tapar os ouvidos, sabia, por experiência anterior, com que palavras ele amava definir Marocas, mas que adiantam mãos sobre as orelhas para conter voz de morto? Ouviu:

— Saco de peidos!

Marocas, mais descansada da subida, sem olhar sequer o cadáver, escancarou a janela:

— Botaram perfume nele? Está um cheiro de tontear.

Pela janela aberta, o ruído da rua entrou, múltiplo e alegre, a brisa do mar apagou as velas e veio beijar a face de Quincas, a claridade estendeu-se sobre ele, azul e festiva. Vitorioso sorriso nos lábios, Quincas ajeitou-se melhor no caixão.

7

JÁ NAQUELA HORA A NOTÍCIA DA INESPERADA morte de Quincas Berro Dágua circulava pelas ruas da Bahia. É bem verdade que os pequenos comerciantes do mercado não fecharam suas portas em sinal de luto. Em compensação, imediatamente aumentaram os preços dos balangandãs, das bolsas de palha, das esculturas de barro que vendiam aos turistas, assim homenageavam o morto. Houve nas imediações do mercado ajuntamentos precipitados, pareciam comícios-relâmpago, gente andando de um lado para outro, a notícia no ar, subindo o Elevador Lacerda, viajando nos bondes para a Calçada, ia de ônibus para a Feira de Santana. Debulhou-se em lágrimas a graciosa negra Paula, ante seu tabuleiro de beijus de tapioca. Não viria Berro Dágua naquela tarde dizer-lhe galanteios torneados, espiar-lhe os seios vastos, propor-lhe indecências, fazendo-a rir.

Nos saveiros de velas arriadas, os homens do reino de Iemanjá, os bronzeados marinheiros, não escondiam sua decepcionada surpresa: como pudera acontecer essa morte num quarto do Tabuão, como fora o "velho marinheiro" desencarnar numa cama? Não proclamara, peremptório, e tantas vezes Quincas Berro Dágua, com voz e jeito capazes de convencer ao mais descrente, que jamais morreria em terra, que só um túmulo era digno de sua picardia: o mar banhado de lua, as águas sem fim?

Quando se encontrava, convidado de honra, na popa de um saveiro, ante uma peixada sensacional, as panelas de barro lançando olorosa fumaça, a garrafa de cachaça passando de mão em mão, havia sempre um instante, quando os violões começavam a ser ponteados, em que seus instintos marítimos despertavam. Punha-se de pé, o corpo gingando, dava-lhe a cachaça aquele vacilante equilíbrio dos homens do mar, declarava sua condição de "velho marinheiro". Velho marinheiro sem barco e sem mar, desmoralizado em terra, mas não por culpa sua. Porque para o mar nascera, para içar velas e dominar o leme de saveiros, para domar as ondas em noite de temporal. Seu destino fora truncado, ele que poderia ter chegado a capitão de navio, vestido de farda azul, cachimbo na boca. Nem mesmo assim deixava de ser marinheiro, para isso nascera de sua mãe Madalena neta de comandante de barco, era marítimo desde seu bisavô, e se lhe entregassem aquele saveiro seria capaz de conduzi-lo mar afora, não para Maragogipe ou Cachoeira, ali pertinho, e, sim, para as distantes costas da África, apesar de jamais ter navegado. Estava no seu sangue, nada precisava aprender sobre navegação, nascera sabendo. Se alguém na seleta assistência tinha dúvidas, que se apresentasse... Empinava a garrafa, bebia em grandes goles. Os mestres de saveiro não duvidavam, bem podia ser verdade. No cais e nas praias os meninos nasciam sabendo as coisas do mar, não vale a pena buscar explicações para tais mistérios. Então Quincas Berro Dágua fazia seu solene juramento: reservara ao mar a honra de sua hora derradeira, de seu momento final. Não haviam de prendê-lo em sete palmos de terra, ah! isso não! Exigiria, quando a hora chegasse, a liberdade do mar, as viagens que não fizera em vida, as travessias mais ousadas, os feitos sem exemplo. Mestre Manuel, sem nervos e sem idade, o mais valente dos mestres de saveiro, sacudia a cabeça, aprovando. Os demais, a quem a vida ensinara a não duvidar de nada, concordavam também, tomavam mais um trago de pinga. Pinicavam os violões, cantavam a magia das noites no mar, a sedução fatal de Janaína. O "velho marinheiro" cantava mais alto que todos.

Como fora então morrer de repente num quarto da ladeira do Tabuão? Era coisa de não se acreditar, os mestres de saveiro escutavam a notícia sem conceder-lhe completo crédito. Quincas Berro Dágua era dado a mistificações, mais de uma vez embrulhara meio mundo.

Os jogadores de porrinha, de ronda, de sete e meio suspendiam as emocionantes partidas, desinteressados dos lucros, apatetados. Não era Berro Dágua o seu indiscutido chefe? Caía sobre eles a sombra da tarde como luto fechado. Nos bares, nos botequins, no balcão das vendas e armazéns, onde quer que se bebesse cachaça, imperou a tristeza e a consumação era por conta da perda irremediável. Quem sabia melhor beber do que ele, jamais completamente alterado, tanto mais lúcido e brilhante quanto mais aguardente emborcava? Capaz como ninguém de adivinhar a marca, a procedência das pingas mais diversas, conhecendo-lhes todas as nuanças de cor, de gosto e de perfume. Há quantos anos não tocava em água? Desde aquele dia em que passou a ser chamado Berro Dágua.

Não que seja fato memorável ou excitante história. Mas vale a pena contar o caso pois foi a partir desse distante dia que a alcunha de "Berro Dágua" incorporou-se definitivamente ao nome de Quincas. Entrara ele na venda de Lopez, simpático espanhol, na parte externa do mercado. Freguês habitual, conquistara o direito de servir-se sem auxílio do empregado. Sobre o balcão viu uma garrafa, transbordando de límpida cachaça, transparente, perfeita. Encheu um copo, cuspiu para limpar a boca, virou-o de uma vez. E um berro inumano cortou a placidez da manhã no mercado, abalando o próprio Elevador Lacerda em seus profundos alicerces. O grito de um animal ferido de morte, de um homem traído e desgraçado:

— Águuuuua!

Imundo, asqueroso espanhol de má fama! Corria gente de todos os lados, alguém estava sendo com certeza assassinado, os fregueses da venda riam às gargalhadas. O "berro dágua" de Quincas logo se espalhou como anedota, do mercado ao Pelourinho, do largo das Sete Portas ao Dique, da Calçada a Itapuã. Quincas Berro Dágua ficou ele sendo desde então, e Quitéria do Olho Arregalado, nos momentos de maior ternura, dizia-lhe "Berrito" por entre os dentes mordedores.

Também naquelas casas pobres das mulheres mais baratas, onde vagabundos e malandros, pequenos contrabandistas e marinheiros desembarcados encontravam um lar, família, e o amor nas horas perdidas da noite, após o mercado triste do sexo, quando as fatigadas mulheres ansiavam por um pouco de ternura, a notícia da morte de Quincas Berro Dágua foi a desolação e fez correr as lágrimas mais tristes. As mulheres choravam como se houvessem perdido parente próximo e sentiam-se de súbito desamparadas em sua miséria. Algumas somaram suas economias e resolveram comprar as mais belas flores da Bahia para o morto. Quanto a Quitéria do Olho Arregalado, cercada pela lacrimosa dedicação das companheiras de casa, seus gritos cruzavam a ladeira de São Miguel, morriam no largo do Pelourinho, eram de cortar o coração. Só encontrou consolo na bebida, exaltando, entre goles e soluços, a memória daquele inesquecível amante, o mais terno e louco, o mais alegre e sábio.

Relembraram fatos, detalhes e frases capazes de dar a justa medida de Quincas. Fora ele quem cuidara, durante mais de vinte dias, do filho de três meses de Benedita, quando esta teve de internar-se no hospital. Só faltara dar à criança o seio a amamentar. O mais fizera: trocava fraldas, limpava cocô, banhava o infante, dava-lhe mamadeira.

Não se atirara ele, ainda há poucos dias, velho e bêbedo, como um campeão sem medo, em defesa de Clara Boa, quando dois jovens transviados, filhos da puta das melhores famílias, quiseram surrá-la numa farra no castelo de Viviana? E que hóspede mais agradável na grande mesa na sala de jantar na hora do meio-dia... Quem sabia histórias mais engraçadas, quem melhor consolava das penas de amor, quem era como um pai ou como um irmão mais velho? Pelo meio da tarde, Quitéria do Olho Arregalado rolou da cadeira, foi conduzida ao leito, adormeceu com suas recordações. Várias mulheres decidiram não buscar nem receber nenhum homem naquela noite, estavam de luto. Como se fosse Quinta ou Sexta-feira Santa.

8

NO FIM DA TARDE, QUANDO AS LUZES se acendiam na cidade e os homens abandonavam o trabalho, os quatro amigos mais íntimos de Quincas Berro Dágua — Curió, Negro Pastinha, cabo Martim e Pé de Vento — desciam a ladeira do Tabuão em caminho do quarto do morto. Deve-se dizer, a bem da verdade, que não estavam eles ainda bêbedos. Haviam tomado seus tragos, sem dúvida, na comoção da notícia, mas o vermelho dos olhos era devido às lágrimas derramadas, à dor sem medidas, e o mesmo pode-se afirmar da voz embargada e do passo vacilante. Como conservar-se completamente lúcido quando morre um amigo de tantos anos, o melhor dos companheiros, o mais completo vagabundo da Bahia? Quanto à garrafa que o cabo Martim teria escondida sob a camisa, nada ficou jamais provado.

Naquela hora do crepúsculo, do misterioso começo da noite, o morto parecia um tanto quanto cansado. Vanda dava-se conta. Não era para menos: passara ele a tarde a rir, a murmurar nomes feios, a fazer-lhe caretas. Nem mesmo quando chegaram Leonardo e o tio Eduardo, por volta das cinco horas, nem mesmo então Quincas repousou. Insultava Leonardo, "paspalhão!", ria de Eduardo. Mas quando as sombras do crepúsculo desceram sobre a cidade, Quincas tornou-se inquieto. Como se esperasse alguma coisa que tardava a vir. Vanda, para esquecer e iludir-se, conversava animadamente com o marido e os tios, evitando fitar o morto. Seu desejo era voltar para casa, descansar, tomar um comprimido que a ajudasse a dormir. Por que seria que os olhos de Quincas ora se voltavam para a janela, ora para a porta?

A notícia não alcançara os quatro amigos ao mesmo tempo. O primeiro a saber foi Curió. Empregava ele seus múltiplos talentos na propaganda de lojas da Baixa dos Sapateiros. Vestido com um velho fraque surrado, a cara pintada, postava-se na porta de uma loja, contra mísero pagamento, a louvar-lhe a barateza e as virtudes, a parar os passantes dizendo-lhes graçolas, convidando-os a entrar quase arrastando-os à força. De quando em vez, quando a sede apertava — emprego danado para secar a garganta e o peito — dava um pulo num botequim próximo, tomava um trago para temperar a voz. Numa dessas idas e vindas a notícia o alcançou, brutal como um soco no peito, deixou-o mudo. Voltou cabisbaixo, entrou na loja, avisou o sírio que não contasse mais com ele naquela tarde. Curió era ainda moço, alegrias e tristezas afetavam-no profundamente. Não podia suportar sozinho o choque terrível. Precisava da companhia dos outros íntimos, da turma habitual.

A roda, em frente à rampa dos saveiros, na feira noturna de Água de Meninos aos sábados, nas Sete Portas, nas exibições de capoeira na estrada da Liberdade, era quase sempre numerosa: marítimos, pequenos comerciantes do mercado, babalaôs, capoeiristas, malandros participavam das longas conversas, das aventuras, das movimentadas partidas de baralho, das pescarias sob a lua, das farras na zona. Numerosos admiradores e amigos possuía Quincas Berro Dágua mas aqueles quatro eram os inseparáveis. Durante anos e anos haviam-se encontrado todos os dias, haviam estado juntos todas as noites, com ou sem dinheiro, fartos de bem comer ou morrendo de fome, dividindo a bebida, juntos na alegria e na tristeza. Curió somente agora percebia como eram ligados entre si, a morte de Quincas parecia-lhe uma amputação, como se lhe houvessem roubado um braço, uma perna, como se lhe tivessem arrancado um olho. Aquele olho do coração do qual falava a mãe de santo Senhora, dona de toda a sabedoria. Juntos, pensou Curió, deviam chegar ante o corpo de Quincas.

Saiu em busca do Negro Pastinha, àquela hora certamente no largo das Sete Portas, ajudando bicheiros conhecidos, arranjando uns cobres para a cachaça da noite. Negro Pastinha media quase dois metros, quando estufava o peito semelhava num monumento, tão grande e forte era. Ninguém podia com o negro quando lhe dava a raiva. Felizmente coisa difícil de acontecer, pois Negro Pastinha era de natural alegre e bonachão.

Encontrou-o no largo das Sete Portas, como calculara. Lá estava ele, sentado na calçada do pequeno mercado, debulhado em lágrimas, segurando uma garrafa quase vazia. Ao seu lado, solidários na dor e na cachaça, vagabundos diversos faziam coro às suas lamentações e suspiros. Já tivera conhecimento da notícia, compreendeu Curió ao ver a cena. Negro Pastinha virava um trago, enxugava uma lágrima, urrava em desespero:

— Morreu o pai da gente...

— ... pai da gente... — gemiam os outros.

Circulava a garrafa consoladora, cresciam lágrimas nos olhos do negro, crescia seu agudo sofrer:

— Morreu o homem bom...

— ... homem bom...

De quando em quando, um novo elemento incorporava-se à roda, por vezes sem saber do que se tratava. Negro Pastinha estendia-lhe a garrafa, soltava seu grito de apunhalado:

— Ele era bom...

— ... era bom... — repetiam os demais, menos o novato, à espera de uma explicação para os tristes lamentos e a cachaça grátis.

— Fala também, desgraçado... — Negro Pastinha, sem se levantar, espichava o poderoso braço, sacudia o recém-chegado, um brilho mau nos olhos. — Ou tu acha que ele era ruim?

Alguém se apressava a explicar, antes que as coisas se tornassem malparadas.

— Foi Quincas Berro Dágua que morreu.

— Quincas?... era bom... — dizia o novo membro do coro, convicto e aterrorizado.

— Outra garrafa! — reclamava, entre soluços, Negro Pastinha.

Um molecote levantava-se ágil, dirigia-se à venda vizinha:

— Pastinha quer outra garrafa.

A morte de Quincas aumentava, onde ia chegando, a consumação de cachaça. De longe, Curió observava a cena. A notícia andara mais depressa que ele. Também o negro o viu, soltou um urro espantoso, estendeu os braços para o céu, levantou-se:

— Curió, irmãozinho, morreu o pai da gente.

— ... o pai da gente... — repetiu o coro.

— Cala a boca, pestes. Deixa eu abraçar irmãozinho Curió.

Cumpriam-se os ritos de gentileza do povo da Bahia, o mais pobre e o mais civilizado. Calaram-se as bocas. As abas do fraque de Curió elevavam-se ao vento, sobre sua cara pintada começaram a correr as lágrimas. Três vezes abraçaram-se, ele e Negro Pastinha, confundindo seus soluços. Curió tomou da nova garrafa, buscou nela a consolação. Negro Pastinha não encontrava consolação:

— Acabou a luz da noite...

— ... a luz da noite...

Curió propôs:

— Vamos buscar os outros para ir visitar ele.

Cabo Martim podia estar em três ou quatro lugares. Ou dormindo em casa de Carmela, cansado ainda da noite da véspera, ou conversando na Rampa do Mercado, ou jogando na feira de Água de Meninos. Só a essas três ocupações dedicava-se Martim desde que dera baixa do exército, uns quinze anos antes: o amor, a conversação, o jogo. Jamais tivera outro ofício conhecido, as mulheres e os tolos davam-lhe o suficiente com que viver. Trabalhar depois de ter envergado a farda gloriosa parecia a cabo Martim uma evidente humilhação. Sua altivez de mulato boa-pinta e a agilidade de suas mãos no baralho faziam-no respeitado. Sem falar em sua capacidade ao violão.

Estava ele exercendo suas habilidades na feira de Água de Meninos, ao baralho. Ao fazê-lo com tanta simplicidade, concorria para a alegria espiritual de alguns choferes de marinete e caminhão, colaborava na educação de dois molecotes que iniciavam seu aprendizado prático da vida e ajudava uns quantos feirantes a gastar os lucros obtidos nas vendas do dia. Realizava assim obra das mais louváveis. Não se explica, por consequência, que um dos feirantes não parecesse entusiasta de seu virtuosismo ao bancar, rosnando entre dentes que "tanta sorte fedia a bandalheira". Cabo Martim levantou para o apressado crítico seus olhos de azul inocência, ofereceu-lhe o baralho para que ele bancasse, se quisesse e para tanto possuísse a necessária competência. Quanto a ele, cabo Martim, preferia apostar contra a banca, quebrá-la rapidamente, reduzir o banqueiro à mais negra miséria. E não admitia insinuações sobre sua honestidade. Como antigo militar, era particularmente sensível a qualquer murmúrio que envolvesse dúvidas sobre sua honradez. Tão sensível que a uma nova provocação seria obrigado a quebrar a cara de alguém. Cresceu o entusiasmo dos rapazolas, os choferes esfregaram as mãos, excitados. Nada mais deleitável do que uma boa briga, assim gratuita e inesperada. Nesse momento, quando tudo podia se passar, surgiram Curió e Negro Pastinha carregando a notícia trágica e a garrafa de cachaça com um restinho no fundo. Ainda de longe gritaram para o cabo:

— Morreu! Morreu!

Cabo Martim fitou-os com olho competente, demorando-se na garrafa em cálculos precisos, comentou para a roda:

— Aconteceu alguma coisa importante para eles já terem bebido uma garrafa. Ou bem Negro Pastinha ganhou no bicho ou Curió ficou noivo.

Porque sendo Curió um incurável romântico, noivava frequentemente, vítima de paixões fulminantes. Cada noivado era devidamente comemorado, com alegria ao iniciar-se, com tristeza e filosofia ao encerrar-se, pouco tempo depois.

— Alguém morreu... — disse um chofer.

Cabo Martim estende o ouvido.

— Morreu! Morreu!

Vinham os dois curvados ao peso da notícia. Das Sete Portas à Água de Meninos, passando pela rampa dos saveiros e pela casa de Carmela, haviam dado a triste nova a muita gente. Por que cada um, ao saber do passamento de Quincas, logo destampava uma garrafa? Não era culpa deles, arautos da dor e do luto, se havia tanta gente pelo caminho, se Quincas tinha tantos conhecidos e amigos. Naquele dia começou-se a beber na cidade da Bahia muito antes da hora habitual. Não era para menos, não é todos os dias que morre um Quincas Berro Dágua.

Cabo Martim, esquecido da briga, o baralho suspenso na mão, observava-os cada vez mais curioso. Estavam chorando, já não tinha dúvidas. A voz do Negro Pastinha chegava estrangulada:

— Morreu o pai da gente...

— Jesus Cristo ou o governador? — perguntou um dos molecotes com vocação de piadista. A mão do negro o suspendeu no ar, atirou-o no chão.

Todos compreenderam que o assunto era sério, Curió levantou a garrafa, disse:

— Berro Dágua morreu!

Caiu o baralho da mão de Martim. O feirante malicioso viu confirmarem-se suas piores suspeitas: ases e damas, cartas do banqueiro, espalharam-se em quantidade. Mas também até ele chegara o nome de Quincas, resolveu não discutir. Cabo Martim requisitava a garrafa de Curió, acabou de esvaziá-la, atirou-a fora com desprezo. Olhou longamente a feira, os caminhões e marinetes na rua, as canoas no mar, a gente indo e vindo. Teve a sensação de um vazio súbito, não ouvia sequer os pássaros nas gaiolas próximas, na barraca de um feirante.

Não era homem de chorar, um militar não chora mesmo após ter deixado a farda. Mas seus olhos ficaram miúdos, sua voz mudou, perdeu toda a fanfarronada. Era quase uma voz de criança ao perguntar:

— Como pôde acontecer?

Juntou-se aos outros, após recolher o baralho, faltava ainda encontrar Pé de Vento. Esse não tinha pouso certo, a não ser às quintas e domingos à tarde, quando invariavelmente brincava na roda de capoeira de Valdemar, na estrada da

Liberdade. Fora isso, sua profissão levava-o a distantes lugares. Caçava ratos e sapos para vendê-los aos laboratórios de exames médicos e experiências científicas — o que tornava Pé de Vento figura admirada, opinião das mais acatadas. Não era ele um pouco cientista, não conversava com doutores, não sabia palavras difíceis?

Só após muito caminho e vários tragos, deram com ele, embrulhado em seu vasto paletó, como se sentisse frio, resmungando sozinho. Soubera da notícia por outras vias e também ele buscava os amigos. Ao encontrá-los, meteu a mão num dos bolsos. Para retirar um lenço com que enxugar as lágrimas, pensou Curió. Mas das profundezas do bolso, Pé de Vento extraiu uma pequena jia verde, polida esmeralda.

— Tinha guardado para Quincas, nunca encontrei uma tão bonita.

9

QUANDO SURGIRAM NA PORTA do quarto, Pé de Vento adiantou a mão em cuja palma estendida estava pousada a jia de olhos saltados. Ficaram parados na porta, uns por detrás dos outros, Negro Pastinha avançava a cabeçorra para ver. Pé de Vento, envergonhado, guardou o animal no bolso.

A família suspendeu a animada conversa, quatro pares de olhos hostis fitaram o grupo escabroso. Só faltava aquilo, pensou Vanda. Cabo Martim, que em matéria de educação só perdia para o próprio Quincas, retirou da cabeça o surrado chapéu, cumprimentou os presentes:

— Boa tarde, damas e cavalheiros. A gente queria ver ele...

Deu um passo para dentro, os outros o acompanharam. A família afastou-se, eles rodearam o caixão. Curió chegou a pensar num engano, aquele morto não era Quincas Berro

Dágua. Só o reconheceu pelo sorriso. Estavam surpreendidos os quatro, nunca poderiam imaginar Quincas tão limpo e elegante, tão bem-vestido. Perderam num instante a segurança, diluiu-se como por encanto a bebedeira. A presença da família — sobretudo das mulheres — deixava-os amedrontados e tímidos, sem saber como agir, onde pousar as mãos, como comportar-se ante o morto.

Curió fitou os outros três, ridículo com seu rosto pintado de vermelhão e seu fraque roçado, a pedir que se fossem dali o mais depressa possível. Cabo Martim vacilava, como um general em véspera de batalha, enxergando o poderio inimigo. Pé de Vento chegou a dar um passo em direção à porta. Só Negro Pastinha, sempre por detrás dos outros, a cabeçona estirada para ver, não vacilou sequer um segundo. Quincas estava sorrindo para ele, o negro sorriu também. Não haveria força humana capaz de arrancá-lo dali, de perto do paizinho Quincas. Segurou Pé de Vento pelo braço, respondia com os olhos ao pedido de Curió. Cabo Martim compreendeu, um militar não foge do campo de luta. Afastaram-se os quatro de perto do caixão, para o fundo do quarto.

Agora estavam ali em silêncio, de um lado a família de Joaquim Soares da Cunha, filha, genro e irmãos, de outro lado os amigos de Quincas Berro Dágua. Pé de Vento metia a mão no bolso, tocava na jia amedrontada, como gostaria de mostrá-la a Quincas! Como se executassem um movimento de balé, ao afastarem-se do caixão os amigos, aproximaram-se os parentes. Vanda lançava um olhar de desprezo e reproche ao pai. Mesmo depois de morto, ele preferia a sociedade daqueles maltrapilhos.

Por eles estivera Quincas esperando, sua inquietação no fim da tarde devia-se apenas à demora, ao atraso da chegada dos vagabundos. Quando Vanda começava a acreditar o pai vencido, disposto finalmente a entregar-se, a silenciar os lábios de sujas palavras, derrotado pela resistência silenciosa e cheia de dignidade por ela oposta a todas as suas provocações, de novo resplandecia o sorriso na face morta, mais do que nunca era de Quincas Berro Dágua o cadáver em sua frente. Não fosse a lembrança ultrajada de Otacília e ela abandonaria a luta, largaria no Tabuão o corpo indigno, restituiria o esquife de tão pouco uso à empresa funerária, venderia as roupas novas por metade do preço a um mascate qualquer. O silêncio fazia-se insuportável.

Leonardo voltou-se para a esposa e a tia:

— Acho que é hora de vocês irem indo. Daqui a pouco fica tarde.

Minutos antes, tudo quanto Vanda desejava era ir para casa, descansar. Apertou os dentes, não era mulher para deixar-se vencer, respondeu:

— Daqui a pouco.

Negro Pastinha sentou-se no chão, encostou a cabeça na parede. Pé de Vento cutucava-o com o pé, não ficava bem acomodar-se assim diante da família do morto. Curió queria retirar-se, cabo Martim fitava, repreensivo, o negro. Pastinha empurrou com a mão o pé incômodo do amigo, sua voz soluçou:

— Ele era o pai da gente! Paizinho Quincas...

Foi como um soco no peito de Vanda, uma bofetada em Leonardo, uma cusparada em Eduardo. Só tia Marocas riu, sacudindo as banhas, sentada na cadeira única e disputada.

— Que engraçado!

Negro Pastinha passou do choro ao riso, encantado com Marocas. Mais assustadora ainda que os seus soluços, era a gargalhada do negro. Foi uma trovoada no quarto e Vanda ouvia um outro riso por detrás do riso de Pastinha: Quincas divertia-se uma enormidade.

— Que falta de respeito é essa? — sua voz seca desfez aquele princípio de cordialidade.

Ante a reprimenda, tia Marocas levantou-se, deu uns passos pelo quarto, sempre acompanhada pela simpatia do Negro Pastinha, a examiná-la dos pés à cabeça, achando-a uma mulher a seu gosto, um tanto envelhecida, sem dúvida, porém grande e gorda como ele apreciava. Não gostava dessas magricelas, cuja cintura a gente nem podia apertar. Se Negro Pastinha encontrasse essa madama na praia, fariam misérias os dois, bastava olhar para ela e logo se via sua qualidade. Tia Marocas começou a dizer de seu desejo de retirar-se, sentia-se cansada e nervosa. Vanda, tendo ocupado seu lugar na cadeira ante o caixão, não respondia, parecia um guarda cuidando de um tesouro.

— Cansados estamos todos — falou Eduardo.

— Era melhor mesmo elas irem embora... — Leonardo temia a ladeira do Tabuão mais tarde, quando houvesse cessado completamente o movimento do comércio e as prostitutas e os malandros a ocupassem.

Educado como era, e querendo colaborar, cabo Martim propôs:

— Se os distintos querem ir descansar, tirar uma pestana, a gente fica tomando conta dele.

Eduardo sabia não estar direito: não podiam deixar o corpo sozinho com aquela gente, sem nenhum membro da família. Mas que gostaria de aceitar a proposta, ah! como gostaria! O dia inteiro no armazém, andando de um lado para outro, atendendo os fregueses, dando ordem aos empregados, arrasava um homem. Eduardo dormia cedo e acordava com a madrugada, horários rígidos. Ao voltar do armazém, após o banho e o jantar, sentava-se numa espreguiçadeira, estirava as pernas, dormia em seguida. Esse seu irmão Quincas só sabia lhe dar aborrecimentos. Há dez anos não fazia outra coisa. Obrigava-o naquela noite a estar ainda de pé, tendo comido apenas uns sanduíches. Por que não deixá-lo com seus amigos, aquela caterva de vagabundos, a gente com quem privara durante um decênio?... Que faziam ali, naquela pocilga imunda, naquele ninho de ratos, ele e Marocas, Vanda e Leonardo? Não tinha coragem de externar seus pensamentos: Vanda era malcriada, bem capaz de recordar-lhe as várias ocasiões em que ele, Eduardo, começando a vida, recorrera à bolsa de Quincas. Olhou o cabo Martim com certa benevolência.

Pé de Vento, derrotado em suas tentativas de fazer Negro Pastinha levantar-se, sentou-se também. Tinha vontade de colocar a jia na palma da mão e brincar com ela. Nunca tinha visto uma tão bonita. Curió, cuja infância em parte decorrera num asilo de menores dirigido por padres, buscava na embotada memória uma oração completa. Sempre ouvira dizer que os mortos necessitam de orações. E de padres... Já teria vindo o sacerdote ou viria apenas no dia seguinte? A pergunta coçava-lhe a garganta, não resistiu:

— O padre já veio?

— Amanhã de manhã... — respondeu Marocas.

Vanda repreendeu-a com os olhos: por que conversava com aquele canalha? Mas, tendo restabelecido o respeito, Vanda sentia-se melhor. Expulsara para um canto do quarto os vagabundos, impusera-lhes silêncio. Afinal não lhe seria possível passar a noite ali. Nem ela nem tia Marocas.

Tivera uma vaga esperança, a começo, de que os indecentes amigos de Quincas não demorassem, no velório, não havia nem bebida nem comida. Não sabia por que ainda estavam no quarto, não havia de ser por amizade ao morto, essa gente não tem amizade a ninguém. De qualquer maneira, mesmo a incômoda presença de tais amigos não tinha importância. Desde que eles não acompanhassem o enterro, no dia seguinte. Pela manhã, ao voltar para os funerais, ela, Vanda, recuperaria a direção dos acontecimentos, a família estaria outra vez a sós com o cadáver, enterrariam Joaquim Soares da Cunha com modéstia e dignidade. Levantou-se da cadeira, chamou Marocas:

— Vamos. — E para Leonardo: — Não fique até muito tarde, você não pode perder noite. Tio Eduardo já disse que ficaria a noite toda.

Eduardo, apossando-se da cadeira, concordou. Leonardo foi acompanhá-las até o bonde. Cabo Martim arriscou um "Boa noite, madamas", não obteve resposta. Só a luz das velas iluminava o quarto. Negro Pastinha dormia, um ronco medonho.

10

ÀS DEZ HORAS DA NOITE, LEONARDO, levantando-se do caixão de querosene, aproximou-se das velas, viu as horas. Acordou Eduardo a dormir de boca aberta, incômodo, na cadeira:

— Vou embora. Às seis da manhã estarei de volta para você ter tempo de ir em casa mudar a roupa.

Eduardo estirou as pernas, pensou em sua cama. Doía-lhe o pescoço. No canto do quarto, Curió, Pé de Vento e cabo Martim conversavam em voz baixa, numa discussão apaixonante: qual deles substituiria Quincas no coração e no leito de Quitéria do Olho Arregalado? Cabo Martim, revelando um egoísmo revoltante, não aceitava ser riscado da lista de herdeiros pelo fato de possuir o coração e o corpo esbelto da negrinha Carmela. Eduardo, quando o eco dos passos de Leonardo perdeu-se na rua, fitou o grupo. A discussão parou, cabo Martim sorriu para o comerciante. Este olhava, invejoso, Negro Pastinha no melhor dos sonos. Acomodou-se novamente na cadeira, pôs os pés sobre o caixão de querosene. Doía-lhe o pescoço. Pé de Vento não resistiu, retirou a jia do bolso, colocou-a no chão. Ela saltou, era engraçada. Parecia uma assombração solta no quarto. Eduardo não conseguia dormir. Olhou o morto no caixão, imóvel. Era o único a estar comodamente deitado. Por que diabo estava ele ali, fazendo sentinela? Não era suficiente vir ao enterro, não estava pagando parte das despesas? Cumpria seu dever de irmão até bem demais em se tratando de um irmão como Quincas, um incômodo em sua vida.

Levantou-se, movimentou pernas e braços, abriu a boca num bocejo. Pé de Vento escondia na mão a pequena jia verde. Curió pensava em Quitéria do Olho Arregalado. Mulher e tanto... Eduardo parou ante eles:

— Me digam uma coisa...

Cabo Martim, psicólogo por vocação e necessidade, perfilou-se:

— Às suas ordens, meu comandante.

Quem sabe, não iria o comerciante mandar comprar uma bebidinha para ajudar a travessia da noite longa?

— Vocês vão ficar a noite toda?

— Com ele? Sim senhor. A gente era amigo.

— Então vou em casa, descansar um pouco. — Meteu a mão no bolso, retirou uma nota. Os olhos do cabo, de Curió e Pé de Vento acompanhavam seus gestos. — Tá aí para vocês comprarem uns sanduíches. Mas não deixem ele sozinho. Nem um minuto, hein!

— Pode ir descansado, a gente faz companhia a ele.

Negro Pastinha acordou quando sentiu o cheiro de cachaça. Antes de começar a beber, Curió e Pé de Vento acenderam cigarros; cabo Martim, um daqueles charutos de cinquenta centavos, negros e fortes, que só os verdadeiros fumantes sabem apreciar. Passara a fumaça poderosa sob o nariz do negro, nem assim ele acordara. Mas apenas destamparam a garrafa (a discutida primeira garrafa que, segundo a família, o cabo levara escondida sob a camisa) o negro abriu os olhos e reclamou um trago.

Os primeiros tragos despertaram nos quatro amigos um acentuado espírito crítico. Aquela família de Quincas, tão metida a sebo, revelara-se mesquinha e avarenta. Fizera tudo pela metade. Onde as cadeiras para as visitas sentarem? Onde as bebidas e comidas habituais, mesmo em velórios pobres? Cabo Martim comparecera a muita sentinela de defunto, nunca vira uma tão vazia de animação. Mesmo nas mais pobres serviam pelo menos um cafezinho e um gole de cachaça. Quincas não merecia tal tratamento. De que adiantava arrotar importância e deixar o morto naquela humilhação, sem nada para oferecer aos amigos? Curió e Pé de Vento saíram em busca de assentos e mantimentos. Cabo Martim achava necessário organizar o velório com um mínimo de decência, pelo menos. Sentado na cadeira, dava ordens: caixões e garrafas. Negro Pastinha ocupara o caixão de querosene, aprovava com a cabeça.

Devia-se confessar que, em relação ao cadáver propriamente dito, a família comportara-se bem. Roupa nova, sapatos novos, uma elegância. E velas bonitas, das de igreja. Ainda assim haviam esquecido as flores, onde já se viu cadáver sem flores?

— Está um senhor — gabou Negro Pastinha. — Um defunto porreta!

Quincas sorriu com o elogio, o negro retribuiu-lhe o sorriso:

— Paizinho... — disse comovido e cutucou-lhe as costelas com o dedo, como costumava fazer ao ouvir uma boa piada de Quincas.

Curió e Pé de Vento voltaram com caixões, um pedaço de salame e algumas garrafas cheias. Fizeram um semicírculo em torno ao morto e então Curió propôs rezarem em conjunto o Padre-Nosso. Conseguira, num surpreendente esforço de memória, recordar-se da oração quase completa. Os demais concordaram, sem convicção. Não lhes parecia fácil. Negro Pastinha conhecia variados toques de Oxum e Oxalá, mais longe não ia sua cultura religiosa. Pé de Vento não rezava há uns trinta anos. Cabo Martim considerava preces e igrejas como fraquezas pouco condizentes com a vida militar. Ainda assim tentaram, Curió puxando a reza, os outros respondendo como melhor podiam. Finalmente Curió (que se havia posto de joelhos e baixara a cabeça contrita) irritou-se:

— Cambada de burros...

— Falta de treino... — disse o cabo. — Mas já foi alguma coisa. O resto o padre faz amanhã.

Quincas parecia indiferente à reza, devia estar com calor, metido naquelas roupas quentes. Negro Pastinha examinou o amigo, precisavam fazer alguma coisa por ele já que a oração não dera certo. Talvez cantar um ponto de candomblé? Alguma coisa deviam fazer. Disse a Pé de Vento:

— Cadê o sapo? Dá pra ele...

— Sapo, não. Jia. Agora, pra que lhe serve?

— Talvez ele goste.

Pé de Vento tomou delicadamente a jia, colocou-a nas mãos cruzadas de Quincas. O animal saltou, escondeu-se no fundo do caixão. Quando a luz oscilante das velas batia no seu corpo, fulgurações verdes percorriam o cadáver.

Entre cabo Martim e Curió recomeçou a discussão sobre Quitéria do Olho Arregalado. Com a bebida, Curió ficava mais combativo, elevava a voz em defesa dos seus interesses. Negro Pastinha reclamou:

— Vocês não têm vergonha de disputar a mulher dele na vista dele? Ele ainda quente e vocês que nem urubu em carniça?

— Ele é que pode decidir... — disse Pé de Vento. Tinha esperanças de ser escolhido por Quincas para herdar Quitéria, seu único bem. Não lhe trouxera uma jia verde, a mais bela de quantas já caçara?

— Hum! — fez o defunto.

— Tá vendo? Ele não está gostando dessa conversa — zangou-se o negro.

— Vamos dar um gole a ele também... — propôs o cabo, desejoso das boas graças do morto.

Abriram-lhe a boca, derramaram a cachaça. Espalhou-se um pouco pela gola do paletó e o peito da camisa.

— Também nunca vi ninguém beber deitado...

— É melhor sentar ele. Assim pode ver a gente direito.

Sentaram Quincas no caixão, a cabeça movia-se para um e outro lado. Com o gole de cachaça ampliara-se seu sorriso.

— Bom paletó... — cabo Martim examinou a fazenda. — Besteira botar roupa nova em defunto. Morreu, acabou, vai pra baixo da terra. Roupa nova pra verme comer, e tanta gente por aí precisando...

Palavras cheias de verdade, pensaram. Deram mais um gole a Quincas, o morto balançou a cabeça, era homem capaz de dar razão a quem a possuía, estava evidentemente de acordo com as considerações de Martim.

— Ele está é estragando a roupa.

— É melhor tirar o paletó pra não esculhambar.

Quincas pareceu aliviado quando lhe retiraram o paletó negro e pesado, quentíssimo. Mas, como continuava a cuspir a cachaça, tiraram-lhe também a camisa. Curió namorava os sapatos lustrosos, os seus estavam em pandarecos. Pra que morto quer sapato novo, não é, Quincas?

— Dão direitinho nos meus pés.

Negro Pastinha recolheu no canto do quarto as velhas roupas do amigo, vestiram-no e reconheceram-no então:

— Agora, sim, é o velho Quincas.

Sentiam-se alegres, Quincas parecia também mais contente, desembaraçado daquelas vestimentas incômodas. Particularmente grato a Curió, pois os sapatos apertavam-lhe os pés. O camelô aproveitou para aproximar sua boca do ouvido de Quincas e sussurrar-lhe algo sobre Quitéria. Pra que o fez? Bem dizia Negro Pastinha que aquela conversa sobre a rapariga irritava Quincas. Ficou violento, cuspiu uma golfada de cachaça no olho de Curió. Os outros estremeceram, amedrontados.

— Ele se danou.

— Eu não disse?

Pé de Vento terminava de vestir as calças novas, cabo Martim ficara com o paletó. A camisa Negro Pastinha trocaria, num botequim conhecido, por uma garrafa de cachaça.

87

Lastimavam a falta de cuecas. Com muito jeito, cabo Martim disse a Quincas:

— Não é para falar mal, mas essa sua família é um tanto quanto econômica. Acho que o genro abafou as cuecas...

— Unhas de fome... — precisou Quincas.

— Já que você mesmo diz, é verdade. A gente não queria ofender eles, afinal são seus parentes. Mas que pão-durismo, que somiticaria... Bebida por conta da gente, onde já se viu sentinela desse jeito?

— Nem uma flor... — concordou Pastinha. — Parentes dessa espécie eu prefiro não ter.

— Os homens, uns bestalhões. As mulheres umas jararacas — definiu Quincas, preciso.

— Olha, paizinho, a gorducha até que vale uns trancos... Tem uma padaria que dá gosto.

— Um saco de peidos.

— Não diga isso, paizinho. Ela tá um pouco amassada mas não é pra tanto desprezo. Já vi coisa pior.

— Negro burro. Nem sabe o que é mulher bonita.

Pé de Vento, sem nenhum senso de oportunidade, falou:

— Bonita é Quitéria, hein, velhinho? O que é que ela vai fazer agora? Eu até...

— Cala a boca, desgraçado! Não vê que ele se zanga?

Quincas, porém, nem ouvia. Atirava a cabeça para o lado do cabo Martim, que pretendera subtrair-lhe, naquela horinha mesmo, um trago na distribuição da bebida. Quase derruba a garrafa com a cabeçada.

— Dá a cachaça do paizinho... — exigia Negro Pastinha.

— Ele estava esperdiçando — explicava o cabo.

— Ele bebe como quiser. É um direito dele.

Cabo Martim enfiava a garrafa pela boca aberta de Quincas:

— Calma, companheiro. Não tava querendo lhe lesar. Tá aí, beba a sua vontade. A festa é mesmo sua...

Tinham abandonado a discussão sobre Quitéria. Pelo jeito, Quincas não admitia nem que se tocasse no assunto.

— Boa pinga! — elogiou Curió.

— Vagabunda! — retificou Quincas, conhecedor.

— Também pelo preço...

A jia saltara para o peito de Quincas. Ele a admirava, não tardou a guardá-la no bolso do velho paletó sebento.

A lua cresceu sobre a cidade e as águas, a lua da Bahia em seu desparrame de prata, entrou pela janela. Veio com ela o vento do mar, apagou as velas, já não se via o caixão. Melodia de violões andava pela ladeira, voz de mulher cantando penas de amor. Cabo Martim começou também a cantar.

— Ele adora ouvir uma cantiga...

Cantavam os quatro, a voz de baixo do Negro Pastinha ia perder-se mais além da ladeira, no rumo dos saveiros. Bebiam e cantavam. Quincas não perdia nem um gole, nem um som, gostava de cantigas.

Quando já estavam fartos de tanto cantar, Curió perguntou:

— Não era hoje de noite a moqueca de mestre Manuel?

— Hoje mesmo. Moqueca de arraia — acentuou Pé de Vento.

— Ninguém faz moqueca igual a Maria Clara — afirmou o cabo.

Quincas estalou a língua. Negro Pastinha riu:

— Tá doidinho pela moqueca.

— E por que a gente não vai? Mestre Manuel é até capaz de ficar ofendido.

Entreolharam-se. Já estavam um pouco atrasados pois ainda tinham de ir buscar as mulheres. Curió expôs suas dúvidas:

— A gente prometeu não deixar ele sozinho.

— Sozinho? Por quê? Ele vai com a gente.

— Tou com fome — disse Negro Pastinha.

Consultaram Quincas:

— Tu quer ir?

— Tou por acaso aleijado, pra ficar aqui?

Um trago para esvaziar a garrafa. Puseram Quincas de pé. Negro Pastinha comentou:

— Tá tão bêbedo que não se aguenta. Com a idade tá perdendo a força pra cachaça. Vambora, paizinho.

Curió e Pé de Vento saíram na frente. Quincas, satisfeito da vida, num passo de dança ia entre Negro Pastinha e cabo Martim de braço dado.

11

PELO JEITO, AQUELA IA SER NOITE memorável, inesquecível. Quincas Berro Dágua estava num dos seus melhores dias. Um entusiasmo incomum apossara-se da turma, sentiam-se donos daquela noite fantástica, quando a lua cheia envolvia o mistério da cidade da Bahia. Na ladeira do Pelourinho, casais escondiam-se nos portais centenários, gatos miavam nos telhados, violões gemiam serenatas. Era uma noite de encantamento, toques de atabaques ressoavam ao longe, o Pelourinho parecia um cenário fantasmagórico.

Quincas Berro Dágua, divertidíssimo, tentava passar rasteiras no cabo e no negro, estendia a língua para os transeuntes, enfiou a cabeça por uma porta para espiar, malicioso, um casal de namorados, pretendia, a cada passo, estirar-se na rua. A pressa abandonara os cinco amigos, era como se o tempo lhes pertencesse por inteiro, como se estivessem mais além do calendário, e aquela noite mágica da Bahia devesse prolongar-se pelo menos por uma semana. Porque, segundo afirmava Negro Pastinha, aniversário de Quincas Berro Dágua não podia ser comemorado no curto prazo de algumas horas. Não negou Quincas fosse seu aniversário, apesar de não recordarem os outros havê-lo comemorado em anos anteriores. Comemoravam, isso sim, os múltiplos noivados de Curió, os aniversários de Maria Clara, de Quitéria e, certa vez, a descoberta científica realizada por um dos fregueses de Pé de Vento. Na alegria da façanha, o cientista soltara na mão do seu "humilde colaborador" uma pelega de quinhentos. Aniversário de Quincas, era a primeira vez que o festejavam, deviam fazê-lo convenientemente. Iam pela ladeira do Pelourinho, em busca da casa de Quitéria.

Estranho: não havia a habitual barulheira dos botequins e casas de mulheres de São Miguel. Tudo naquela noite era diferente. Teria havido uma batida inesperada da polícia, fechando os castelos, clausurando os bares? Teriam os investigadores levado Quitéria, Carmela, Doralice, Ernestina, a gorda Margarida? Não iriam eles cair numa cilada? Cabo Martim assumiu o comando das operações, Curió foi dar uma espiada.

— Vai de batedor — esclareceu o cabo.

Sentaram-se nos degraus da igreja do largo, enquanto esperavam. Havia uma garrafa por acabar. Quincas deitou-se, olhava o céu, sorria sob o luar.

Curió voltou acompanhado por um grupo ruidoso, a dar vivas e hurras. Reconhecia-se facilmente, à frente do grupo, a figura majestosa de Quitéria do Olho Arregalado, toda de negro, mantilha na cabeça, inconsolável viúva, sustentada por duas mulheres.

— Cadê ele? Cadê ele? — gritava, exaltada.

Curió apressou-se, trepou nos degraus da escadaria, parecia um orador de comício com seu fraque roçado, explicando:

— Tinha corrido a notícia de que Berro Dágua bateu as botas, tava tudo de luto.

Quincas e os amigos riram.

— Ele tá aqui, minha gente, é dia do aniversário dele, tamos festejando, vai ter peixada no saveiro de mestre Manuel.

Quitéria do Olho Arregalado libertou-se dos braços solidários de Doralice e da gorda Margô, tentava precipitar-se em direção a Quincas, agora sentado junto ao Negro Pastinha num degrau da igreja. Mas, devido, sem dúvida, à emoção daquele momento supremo, Quitéria desequilibrou-se e caiu de bunda nas pedras. Logo a levantaram e ajudaram-na a aproximar-se:

— Bandido! Cachorro! Desgraçado! Que é que tu fez pra espalhar que tava morto, dando susto na gente?

Sentava-se ao lado de Quincas sorridente, tomava-lhe a mão, colocando-a sobre o seio pujante para que ele sentisse o palpitar do seu coração aflito:

— Quase morri com a notícia e tu na farra, desgraçado. Quem pode com tu, Berrito, diabo de homem cheio de invenção? Tu não tem jeito, Berrito, tu ia me matando...

O grupo comentava entre risos; nos botequins a barulheira recomeçava, a vida voltara à ladeira de São Miguel. Foram andando para a casa de Quitéria. Ela estava formosa, assim de negro vestida, jamais tanto a haviam desejado.

Enquanto atravessavam a ladeira de São Miguel, a caminho do castelo, iam sendo alvo de manifestações variadas. No Flor de São Miguel, o alemão Hansen lhes ofereceu uma rodada de pinga. Mais adiante, o francês Verger distribuiu amuletos africanos às mulheres. Não podia ficar com eles porque tinha ainda uma obrigação de santo a cumprir naquela noite. As portas dos castelos voltavam a abrir-se, as mulheres surgiam nas janelas e nas calçadas. Por onde passavam, ouviam-se gritos chamando Quincas, vivando-lhe o nome. Ele agradecia com a cabeça, como um rei de volta a seu reino. Em casa de Quitéria, tudo era luto e tristeza. Em seu quarto de dormir, sobre a cômoda, ao lado de uma estampa de Senhor do Bonfim e da figura em barro do caboclo Aroeira, seu guia, resplandecia um retrato de Quincas recortado de um jornal — de uma série de reportagens de

Giovanni Guimarães sobre os "subterrâneos da vida baiana" —, entre duas velas acesas, com uma rosa vermelha embaixo. Já Doralice, companheira de casa, abrira uma garrafa e servia em cálices azuis. Quitéria apagou as velas, Quincas reclinou-se na cama, os demais saíram para a sala de jantar. Não tardou e Quitéria estava com eles:

— O desgraçado dormiu...

— Tá num porre mãe... — esclareceu Pé de Vento.

— Deixa ele dormir um pouquinho — aconselhou Negro Pastinha. — Hoje ele tá impossível. Também, tem direito...

Mas já estavam atrasados para a peixada de mestre Manuel e o jeito, daí a pouco, foi despertar Quincas. Quitéria, a negra Carmela e a gorda Margarida iriam com eles. Doralice não aceitou o convite, acabara de receber um recado do dr. Carmino, viria naquela noite. E o dr. Carmino, eles compreendiam, pagava por mês, era uma garantia. Não podia ofendê-lo.

Desceram a ladeira, agora iam apressados, Quincas quase corria, tropeçava nas pedras, arrastando Quitéria e Negro Pastinha, com os quais se abraçara. Esperavam chegar ainda a tempo de encontrar o saveiro na rampa.

Pararam, no entanto, no meio do caminho, no bar de Cazuza, um velho amigo. Bar mal frequentado aquele, não havia noite em que não saísse alteração. Uma turma de fumadores de maconha ancorava ali todos os dias. Cazuza, porém, era gentil, fiava uns tragos, por vezes mesmo uma garrafa. E como eles não podiam chegar ao saveiro com as mãos abanando, resolveram passar a conversa em Cazuza, obter uns três litros de cana. Enquanto o cabo Martim, diplomata irresistível, cochichava no balcão com o proprietário estupefato ao ver Quincas Berro Dágua no melhor de sua forma, os demais sentaram-se para uma abrideira de apetite por conta da casa, em homenagem ao aniversariante. O bar estava cheio: uma rapaziada sorumbática, marinheiros alegres, mulheres na última lona, chofers de caminhão de viagem marcada para Feira de Santana naquela noite.

A peleja foi inesperada e bela. Parece realmente verdade ter sido Quincas o responsável. Sentara-se ele com a cabeça reclinada no peito de Quitéria, as pernas estiradas. Segundo consta, um dos rapazolas, ao passar, tropeçou nas pernas de Quincas, quase caiu, reclamou com maus modos. Negro Pastinha não gostou do jeito do fumador de maconha. Naquela noite, Quincas tinha todos os direitos, inclusive o de estirar as pernas como bem quisesse e entendesse. E o disse. Não tendo o rapaz reagido, nada aconteceu então. Minutos depois, porém, um outro, do mesmo grupo de maconheiros, quis também passar. Solicitou a Quincas afastar as pernas. Quincas fez que não ouviu. Empurrou-o então o magricela, violento, dizendo nomes. Deu-lhe Quincas uma cabeçada, a inana começou. Negro Pastinha segurou o rapaz, como era seu costume, e o atirou em cima de outra mesa. Os companheiros da maconha viraram feras, avançaram. Daí em diante, impossível contar. Via-se apenas, em cima de uma cadeira, Quitéria, a formosa, de garrafa em punho, rodando o braço. Cabo Martim assumiu o comando.

Quando a refrega terminou com a total vitória dos amigos de Quincas, a quem se aliaram os choferes, Pé de Vento estava com um olho negro, uma aba do fraque de Curió fora rasgada, prejuízo importante. E Quincas encontrava-se estendido no chão, levara uns socos violentos, batera com a cabeça numa laje do passeio. Os maconheiros tinham fugido. Quitéria debruçava-se sobre Quincas, tentando reanimá-lo. Cazuza considerava filosoficamente o bar de pernas para o ar, mesas viradas, copos quebrados. Estava acostumado, a notícia aumentaria a fama e os fregueses da casa. Ele próprio não desgostava de apreciar uma briga.

Quincas reanimou-se mesmo foi com um bom trago. Continuava a beber daquela maneira esquisita: cuspindo parte da cachaça, num esperdício. Não fosse dia de seu aniversário e cabo Martim chamar-lhe-ia a atenção delicadamente. Dirigiram-se ao cais.

Mestre Manuel já não os esperava àquela hora. Estava no fim da peixada, comida ali mesmo na rampa, não iria sair barra fora quando apenas marítimos rodeavam o caldeirão de barro. No fundo, ele não chegara em nenhum momento a acreditar na notícia da morte de Quincas e, assim, não se surpreendeu ao vê-lo de braço com Quitéria. O velho marinheiro não podia falecer em terra, num leito qualquer.

— Ainda tem arraia pra todo mundo...

Suspenderam as velas do saveiro, puxaram a grande pedra que servia de âncora. A lua fizera do mar um caminho de prata, ao fundo recortava-se na montanha a cidade negra da Bahia. O saveiro foi-se afastando devagar. A voz de Maria Clara elevou-se num canto marinheiro:

*No fundo do mar te achei
toda vestida de conchas...*

Rodeavam o caldeirão fumegante. Os pratos de barro se enchiam. Arraia mais perfumada, moqueca de dendê e pimenta. A garrafa de cachaça circulava. Cabo Martim não perdia jamais a perspectiva e a clara visão das necessidades prementes. Mesmo comandando a briga, conseguira surrupiar umas garrafas, escondê-las sob os vestidos das mulheres. Apenas Quincas e Quitéria não comiam: na popa do saveiro, deitados, ouviam a canção de Maria Clara, a formosa do Olho Arregalado dizia palavras de amor ao velho marinheiro.

— Por que pregar susto na gente, Berrito desgraçado? Tu bem sabe que tenho o coração fraco, o médico recomendou que eu não me aborrecesse. Cada ideia tu tem, como posso viver sem tu, homem com parte com o tinhoso? Tou acostumada com tu, com as coisas malucas que tu diz, tua velhice sabida, teu jeito tão sem jeito, teu gosto de bondade. Por que tu me fez isso hoje? — e tomava da cabeça ferida na peleja, beijava-lhe os olhos de malícia.

Quincas não respondia: aspirava o ar marítimo, uma de suas mãos tocava a água, abrindo um risco nas ondas. Tudo foi tranquilidade no início da festa: a voz de Maria Clara, a beleza da peixada, a brisa virando vento, a lua no céu, o murmurar de Quitéria. Mas inesperadas nuvens vieram do sul, engoliram a lua cheia. As estrelas começaram a apagar-se e o vento a fazer-se frio e perigoso. Mestre Manuel avisou:

— Vai ser noite de temporal, é melhor voltar.

Pensava ele trazer o saveiro para o cais antes que caísse a tempestade. Era, porém, amável a cachaça, gostosa a conversa, havia ainda muita arraia no caldeirão, boiando no amarelo do azeite de dendê, e a voz de Maria Clara dava uma dolência, um desejo de demorar nas águas. Ao demais, como interromper o idílio de Quincas e Quitéria naquela noite de festa?

Foi assim que o temporal, o vento uivando, as águas encrespadas, os alcançou em viagem. As luzes da Bahia brilhavam na distância, um raio rasgou a escuridão. A chuva começou a cair. Pitando seu cachimbo, mestre Manuel ia ao leme.

Ninguém sabe como Quincas se pôs de pé, encostado à vela menor. Quitéria não tirava os olhos apaixonados da figura do velho marinheiro, sorridente para as ondas a lavar o saveiro, para os raios a iluminar o negrume. Mulheres e homens se seguravam às cordas, agarravam-se às bordas do saveiro, o vento zunia, a pequena embarcação ameaçava soçobrar a cada momento. Silenciara a voz de Maria Clara, ela estava junto do seu homem na barra do leme.

Pedaços de mar lavavam o barco, o vento tentava romper as velas. Só a luz do cachimbo de mestre Manuel persistia, e a figura de Quincas, de pé, cercado pela tempestade, impassível e majestoso, o velho marinheiro. Aproximava-se o saveiro lenta e dificilmente das águas mansas do quebra-mar. Mais um pouco e a festa recomeçaria.

Foi quando cinco raios sucederam-se no céu, a trovoada reboou num barulho de fim do mundo, uma onda sem tamanho levantou o saveiro. Gritos escaparam das mulheres e dos homens, a gorda Margô exclamou:

— Valha-me Nossa Senhora!

No meio do ruído, do mar em fúria, do saveiro em perigo, à luz dos raios, viram Quincas atirar-se e ouviram sua frase derradeira.

Penetrava o saveiro nas águas calmas do quebra-mar, mas Quincas ficara na tempestade, envolto num lençol de ondas e espuma, por sua própria vontade.

12

NÃO HOUVE JEITO DA AGÊNCIA funerária receber o esquife de volta, nem pela metade do preço. Tiveram de pagar, mas Vanda aproveitou as velas que sobraram. O caixão está até hoje no armazém de Eduardo, esperançoso ainda de vendê-lo a um morto de segunda mão. Quanto à frase derradeira há versões variadas. Mas, quem poderia ouvir direito no meio daquele temporal? Segundo um trovador do mercado, passou-se assim:

> *No meio da confusão*
> *Ouviu-se Quincas dizer:*
> *"Me enterro como entender*
> *Na hora que resolver.*
> *Podem guardar seu caixão*

Pra melhor ocasião.
Não vou deixar me prender
Em cova rasa no chão."
E foi impossível saber
O resto de sua oração.

                                              Rio, abril de 1959

Em 1959, Jorge estava inteiramente mergulhado na escrita do livro de Vasco Moscoso, quando o pintor Carlos Scliar apareceu lá em casa. Estava à frente da preparação da revista Senhor *e pedia a Jorge que escrevesse um pequeno conto para ser publicado num dos primeiros números.*

A argumentação de que estava muito absorvido no novo romance para escrever outra coisa não valeu, Scliar implorava, qualquer coisa leve, rápida, engraçada... não abria mão do nome de Jorge no número de estreia.

Jorge capitulou, deixou o comandante Vasco Moscoso de Aragão descansando um pouco, colocou novo papel na máquina e começou a escrever a história de Quincas Berro Dágua. Ele escrevia e passava para mim, eu tirava cópias. Fui me apaixonando pela figura maravilhosa do vagabundo de tantas mortes.

Se a história é leve e engraçada, eu cá tenho minhas dúvidas, mas que foi rápido que ele escreveu, ah, isso foi! Em menos de uma semana estava o texto pronto e revisado em mãos de Scliar.

Zélia Gattai Amado

posfácio
A vida e as vidas de Quincas Berro Dágua
Affonso Romano de Sant'Anna

ESTA HISTÓRIA DE QUINCAS BERRO DÁGUA que você acabou de ler, tão inventada, é verdadeira.

Verdadeira, sobretudo, em dois sentidos. Primeiro e obviamente porque o personagem Quincas ganhou vida própria desde que a obra foi publicada, em 1959, nas páginas da célebre revista *Senhor*, sendo imediatamente traduzida em dezenas de línguas e logo transubstanciada em outras formas artísticas, como teatro, balé e televisão. Portanto, a exemplo de Honoré de Balzac, na França do século XIX, que criava tipos tão verossímeis que pareciam competir com a realidade do registro civil, este personagem do nosso Balzac baiano renasceu airosamente da folha de papel e passou a viver encarnado no imaginário de incontáveis leitores.

Mas vou lhes revelar que esta história também é verdadeira porque deriva de um fato realmente sucedido. E digo isso certo de que a maioria dos leitores desconhece o episódio que levou a alucinação romanesca de Jorge Amado a elaborar esta obra-prima, que não é um romance nem um conto, mas uma novela exemplar. Exemplar até no sentido que Miguel de Cervantes, que tanto lidava com o cômico e o picaresco, usou em suas *Novelas exemplares* e em *Dom Quixote*.

E ao referir-me a isso estou já não apenas ampliando uma revelação, mas me metendo nas dobras do próprio processo de criação e nos desdobramentos das leituras interpretativas da obra.

Quincas existiu de fato. Existiu, claro, com outro nome, que vou logo revelando — cabo Plutarco. Esse nome verdadeiro, no entanto, até já parece um trejeito literário. Vocês sabem, vida e literatura são assim, vão se misturando, parecem irmãs xifópagas, e deslindá-las, quem há-de?

Posso, a seguir, saciar-lhes a curiosidade, dar-lhes, prosaicamente, o nome (o verdadeiro) de batismo do nosso Quincas, ou seja, o nome do cabo Plutarco. Jorge Amado, em seu livro, enganando ficcionalmente o leitor, diz que o nome de batismo de Quincas era Joaquim Soares da Cunha. Era, mas não era. Posso lhes afiançar que o nome de cartório de Quincas, ou melhor, do cabo Plutarco, era Wilson Plutarco Rodrigues Lima.

Estamos assim chegando (aparentemente e aos poucos) mais perto do áspero real. Só falta lhes dar o CPF e a identidade do mencionado cidadão. Adianto que no momento aprazado vou lhes dar algo mais real e fatal, acreditem: darei o número da cova em que está enterrado o Quincas original e originário, embora na versão de Jorge se diga que ele desapareceu no mar. Ele foi enterrado em terra firme, se é que existe terra firme neste mundo de ficções reais e realidades imaginárias. Há, portanto, uma versão terrestre e outra marítima dessa vida e morte. Entre o líquido e o sólido, vai se escrevendo a ficção como uma verdade líquida e (in)certa.

Mas posso espicaçar, por ora, ainda mais a curiosidade do leitor e adiantar que o Quincas da realidade, quer dizer, o cabo Plutarco, não era baiano, e sim cearense. E para complicar e superpor ainda mais os limites entre ficção e realidade, faço outra revelação que vai desestabilizar a baianidade do personagem. Aquela cena do enterro e todas as diabruras dos amigos carregando o Quincas morto/vivo pelas ruas e fazendo-o (depois de morto) tomar um porre com eles ocorreram não nas ladeiras de Salvador, mas em torno da praça da República, no Rio de Janeiro, em abril de 1950.

Estou desmistificando o livro?

Nunca. Estou tornando densa, intrincada, rica e sedutora a relação entre ficção e realidade. Estou remitificando a vida. Daí, ser legítimo perguntar: se a chamada realidade nos oferece inúmeras histórias, por que só o bom romancista consegue captá-las e dar-lhes uma dimensão universal e intemporal? O que há na escrita do escritor que transforma em arte algo que era simplesmente um "causo" ou notícia de jornal?

Estou implicitamente lembrando ao leitor aquela frase que volta e meia se ouve: "Minha vida daria um romance". Lamento informar, mas não daria. Ou melhor, daria se ouvida e/ou escrita por um romancista. Nas mãos de um não romancista, seria mais uma história perdida. Um romance é, sobretudo, a forma como uma história é narrada. Por isso há romances praticamente sem história que, mesmo assim, são bons romances. Vejam *Água viva*, de Clarice Lispector.

E Jorge Amado tinha um ouvido danado de bom para converter fatos particulares em narrativas de utilidade pública. Na verdade, é isso que o artista é e faz: é um indivíduo de utilidade pública. Está captando, redistribuindo e potencializando a energia que detecta com suas antenas especiais. Sim, o artista tem antenas especiais. Por isso, lamento também informar que, ao contrário do que afirma certa estética do facilitário, arte não é qualquer coisa que alguém chame de arte. Arte é algo feito por artistas, e nem todo mundo é artista.

Imagino que o leitor esteja se perguntando em que parte deste texto, finalmente, vou abrir de vez a chave do enigma. Estou, reconheço, numa parolagem meio baiana, que quase imita Jorge Amado quando introduz seus romances e personagens. Jorge é um escritor oral, um grande contador de casos. E esse meu posfácio assume criticamente a mesma dicção. É também um tipo de ensaio meio às avessas, é ficção e crítica, ou seja, uma contação crítica da história, longe dos academismos oficiosos.

Por isso, como um ficcionista, dou um corte narrativo neste texto e boto aqui logo as palavras de Jorge Amado. Trata-se de um depoimento dado pelo romancista em 1981, portanto 22 anos depois que a figura de Quincas já circulava por este mundo de vivos e mortos. Tal depoimento ocorreu durante o Seminário sobre o romance de 30 no Nordeste, em 1981, quando Jorge recebia da Universidade Federal do Ceará o título de doutor honoris causa.

O velho menino grapiúna, filho de um fazendeiro do tempo áureo do cacau e que ganharia fama internacional misturando realidade e ficção, fez, na sua fala de agradecimento ao receber aquela honraria, a seguinte declaração:

> Homem de muitos amigos, tenho aqui em toda parte do Brasil mesa posta em muitas casas e um copo à minha espera na confraria noturna dos últimos boêmios. Foram esses amigos que ainda vivem a aventura e o riso que me forneceram a ideia de uma das minhas histórias mais divulgadas e melhor consideradas. Refiro-me a *A morte e a morte de Quincas Berro Dágua*.

Esse vagabundo dos becos e ladeiras da cidade da Bahia, que hoje trafega mundo afora em mais de vinte línguas, em trinta países, que virou peça de teatro, balé, programa de televisão. Quincas Berro Dágua foi gerado em Fortaleza, onde brotou a ideia deste pequeno romance. Deram-me notícia de caso acontecido quando da morte de um boêmio, contaram-me como a solidariedade dos amigos na hora da ausência transformou a dor da despedida em festa.

Essa revelação teria ficado assim meio vaga e perdida no ar, não fosse a curiosidade insistente de José Helder de Souza, a quem devo/devemos a pesquisa sobre a gênese desta obra. Ele fez a descoberta, eu estou apenas botando a boca no trombone. E é esse escritor cearense que vai narrando, num livrinho que não pode ficar perdido nos desvãos das estantes e do nosso desconhecimento, que depois daquela solenidade, já na casa do presidente da Academia Cearense de Letras, ele e outros foram cutucando o romancista para que ele desse mais pistas sobre as muitas vidas de Quincas Berro Dágua. Nessa boate caseira reuniam-se velhos amigos e velhos comunistas. Foi aí que Banwarth Bezerra, amigo de Jorge ali presente — aliás, casado com uma prima de Jorge —, deu mais uma pista: Jorge tinha ouvido a narrativa original e originária da história de Quincas na boate Maracangalha. Esse nome parecia até cenário característico dos romances de Jorge, era um transplante mítico da canção baiana de Dorival Caymmi para as terras de Iracema. Mas não era necessariamente uma boate, era o nome criativo que deram às sessões de encontro de amigos na casa do advogado Zequinha de Moraes, na rua Senador Pompeu, 959, em Fortaleza. Nessa boate caseira reuniam-se velhos esquerdistas e amigos de Jorge, e ali lhe foi narrada a história que se tornaria célebre.

Começava, então, a peripécia de José Helder para retraçar outras, as peripécias do cabo Plutarco, que desembocariam, por sua vez, nas peripécias do próprio Quincas. São três histórias, como num palimpsesto, cada uma transparecendo a outra. Primeiro a história do cabo Plutarco, depois a reinvenção deste na pena de Jorge Amado, e, enfim, a descrição meio romanesca feita por José Helder. Ao ler essa espécie de opúsculo de José Helder, pensei se ele não estaria, à moda de Jorge Luis Borges, reinventando a realidade, tão fantástica a realidade é e tão real é a fantasia.

E vejam como realidade e literatura, de novo, trapaceiam a gente. Inúmeros são os romances existentes em que o autor inventa uma carta achada em um baú, um pergaminho qualquer que conteria a história original. O que em certa época era uma estratégia narrativa presente já em Machado de Assis, em *Esaú e Jacó*, por exemplo, virou um lugar-comum, uma banalidade. Pois não é que existe uma carta de um tal

Jaime, amigo do cabo Plutarco, enviada à família do defunto, descrevendo os últimos momentos de sua vida e o próprio velório? Evidentemente, na carta esse Jaime não teve a audácia de descrever a pândega que ocorreu no velório. Isso pertence à tradição oral, que foi recolhida por Jorge Amado. Nosso romancista, fiel à oralidade como fonte da sabedoria popular, no entanto, não lançou mão desse expediente do falso documento. O máximo que faz é dizer que até "um folheto com versos de pé-quebrado foi composto pelo repentista Cuíca de Santo Amaro e vendido largamente". Mas o cordel, assinale-se, é uma literatura de fundo oral. Estou insistindo nisso porque o nosso romancista é um típico "contador de histórias", muito distante da literatura cerebral e formalista que prosperou no século XX.

Jorge constrói um jogo de espelhos entre as diversas versões da morte de Quincas, porque esse espaço de indecisão, boatos e suposições vai tornando a história mais intrigante. Vocês se lembram de que a novela começa dizendo:

> Até hoje permanece certa confusão em torno da morte de Quincas Berro Dágua. Dúvidas por explicar, detalhes absurdos, contradições no depoimento das testemunhas, lacunas diversas. Não há clareza sobre hora, local e frase derradeira. A família, apoiada por vizinhos e conhecidos, mantém-se intransigente na versão da tranquila morte matinal, sem testemunhas, sem aparato, sem

frase, acontecida quase vinte horas antes daquela outra propalada e comentada morte na agonia da noite [...].

Esse espaço entre as versões, esse vazio onde a imaginação trabalha, existe também na constituição do próprio personagem. Tratei disso, aliás, num ensaio gostosamente intitulado assim: "De como Jorge Amado em *A morte e a morte de Quincas Berro Dágua* é autor carnavalizador, mesmo sem nunca ter se preocupado com isto". Mostrava que, a rigor, existem vários Quincas/ Joaquim, não apenas o dos amigos e o da família, mas se poderia imaginar uma dízima periódica de Quincas: Q1, Q2, Q3..., Qn.

Sem querer aborrecê-los com aquele texto, posso, quase pedindo desculpas, dizer que naquele ensaio lembrava que não era gratuito o fato de Jorge Amado ter começado sua carreira de romancista, aos dezenove anos, com *O país do Carnaval*. O Carnaval é um rito de inversão dos costumes, é quando o "avesso" ocupa o lugar do "certo", a ficção vira realidade e o cotidiano e a fantasia se acoplam tanto quanto a vida e a morte. É o momento da entronização do marginal e do reprimido. É o êxito do arlequim sobre o pierrô, onde grotesco e sublime dialogam gostosamente. É a emergência do lado dionisíaco da existência. E o chamado "diálogo dos mortos" é um dos tópicos fundamentais da chamada literatura carnavalizada. Em nossa literatura há muitos exemplos disso, desde o autor defunto e defunto autor que é Brás Cubas até *Incidente em Antares* — em que Erico Verissimo faz os mortos saírem de seus caixões, regressarem à cidade e revelarem o outro lado da vida, que sempre foi cautelosamente ocultado. Enfim, literatura carnavalizada, misturando vida e morte, nos mata de rir.

Quem lê Jorge Amado sabe que depois da fase partidária, política e até sectária (que vai até meados dos anos 1950), ele se desvencilha dos compromissos com o Partido Comunista, que lhe pautava a escrita (ele mesmo reconheceu isso em entrevistas), para entregar-se erótica e tropicalmente a personagens como Gabriela, dona Flor, Tereza Batista, ou Vadinho, Quincas Berro Dágua e o capitão-de-longo-curso Vasco Moscoso. Nas obras dessa nova fase, a comédia e a farsa substituem o drama e a tragédia. E de alguma maneira Jorge Amado antecede a geração de romancistas latino-americanos que, na década de 1960, com o caribenho Gabriel García Márquez, institucionalizariam o realismo fantástico. García Márquez, aliás, deu uma entrevista ao pícaro jornal *O Pasquim* dizendo esta coisa estranhamente familiar: "O Brasil é o maior país do Caribe".

Ele acertou. O Caribe, animicamente, começa no Rio de Janeiro e vai até as fronteiras do México. Não é só a questão da mestiçagem, mas também esse mundo fantástico, alucinado, sedutor e violento no qual a vida está dentro da morte e a morte dentro da vida. Mas Jorge Amado bem que poderia retomar a frase de García Márquez e dizer que o Caribe é uma extensão da Bahia. Por isso ele podia ir colher uma história tipicamente baiana no Ceará e converter aquele cabo Plutarco no rei dos vagabundos do Recôncavo, que continuava sorrindo cinicamente e fazendo molecagens mesmo depois de morto.

Mas eu havia prometido algumas revelações a mais e me dispersei, como um romancista baiano e barroco, em comentários suplementares, posto que necessários. Agora me ocorre assinalar que na vida real do cabo Plutarco havia elementos insolitamente romanescos, que o romancista baiano achou por bem não usar. Digo isso e começo de novo a descolar o que é criação de ficcionista do que seria simples biografia.

E aqui a gente vai conferindo a "leitura" que cada um faz dos fatos, a maneira como cada um "escreve" o texto que lhe é oferecido. Na sua pesquisa sobre o passado do cabo Plutarco, José Helder, como que também contaminado pelo estilo de Jorge Amado, diz que o personagem real "tem suas raízes familiares nos primeiros colonizadores dos sertões de Acaraú. Descende de vetustos varões aportados nos fins do século XVII". No entanto, constata-se que, deixando a vertente épica da vida, o personagem caiu na vadiagem e no picaresco. Como um Quincas autêntico, como aquele Vadinho de *Dona Flor e seus dois maridos*, o cabo Plutarco, numa viagem de navio do Rio para Fortaleza, tomou um porre e aprontou tanta coisa que foi necessário chamar a polícia do porto do Recife, despi-lo para que não fugisse, localizar um psiquiatra, que o tirou do hospício, levando-o sob sua guarda ao navio.

Bem, forçoso é dizer: aqui é onde a vida imita a arte. O personagem estava se oferecendo a qualquer romancista que passasse na sua frente. Aconteceu que, graças aos orixás, esse romancista fosse Jorge Amado.

Porém, o romancista provocado tem sua autonomia e seus deveres com a verossimilhança e a consistência de sua própria história. Por isso nada daquilo interessou a Jorge Amado, nem faz falta à sua narrativa. Por mais fascinantes que sejam aqueles outros fatos da vida do proto-Quincas, seriam um excesso. É claro, isso dá chance a que outro escritor retome a história e venha com outra versão não mais cearense ou baiana, mas, quem sabe, até mineira. Aliás, literatura é também isso, um contar, recontar, tecer e destecer tramas e urdiduras num interminável bordado textual.

Um leve toque de aproximação entre vida e ficção, no entanto, talvez se pudesse fazer lembrando o fato de que o Quincas cearense, numa outra viagem, foi dado como náufrago e morto quando os alemães torpedearam o navio

Baependi, em que ele deveria estar, e não estava, por ter ficado em Salvador, pelos "castelos" ou prostíbulos da cidade e em arruaças na ladeira do Tabuão. Enquanto sua família o pranteava, ele reapareceria lépido e fagueiro, dias depois. O Quincas baiano, por sua vez, naufraga naquele saveiro numa noite de tempestade. Mas como ninguém achou seu corpo, fica o mistério em torno de sua morte, transformando-o em mito, pois um bom personagem mítico morre, mas não deixa vestígios do corpo.

Essas coisas de não limites entre a vida e a morte são muito mais frequentes no nosso cotidiano. Volta e meia lemos coisas que confirmam que a vida continua insistindo em imitar a arte, como a se vingar da frase que diz que a arte imita a vida. Li já não sei onde — nem tem importância, pois agora que assumi a pele de ensaísta ficcional, ou fictício, não tenho que dar fontes detalhadas como num ensaio universitário —, li certa vez algo hilário que envolvia Errol Flynn e John Barrymore. Consta que os amigos, depois de beberem (olha a bebida outra vez!) num bar onde se reuniam sempre, foram à casa de John Barrymore, morto. No embalo, trouxeram seu corpo, puseram-no na cadeira da sala de Errol Flynn, como se estivesse bebendo... E quando Errol Flynn chegou, imaginem o seu pasmo!

Então, uma pessoa não pode continuar atuando depois de morta? Pode. Vejam outro caso, o do fazendeiro mais rico do Brasil colônia no estado do Rio — José Joaquim de Sousa Breves, que tinha 37 fazendas e milhares de escravos. Ele havia morrido, estava já no caixão, mas a família se lembrou de que não havia nenhum retrato dele. Pois mandaram vir um pintor, tiraram o tipo do caixão, botaram-no numa cadeira à força e, pronto, fizeram-lhe o retrato. E como seu corpo conheceu o rigor mortis, ele teve que ser enterrado sentado. Não é ficção, é a vida. Eu vi esse retrato, está na casa do embaixador João Hermes Pereira de Araújo. No retrato, o defunto está vivinho.

Igualmente, ninguém deve duvidar da vida e da morte de Plutarco ou Quincas. A realidade injeta vida na ficção e a ficção injeta vida na realidade. Para ficarmos apenas em Jorge Amado, lembremos que Ilhéus, por exemplo, não é mais a mesma depois de *Gabriela, cravo e canela*. Lá reconstruiu-se toda uma realidade a partir do cenário ficcionado por Jorge Amado. Ali não se sabe se estamos no livro ou na vida.

Por isso, caso alguém queira homenagear o personagem que deu origem a *A morte e a morte de Quincas Berro Dágua*, terminada a leitura do livro, dirija-se ao carneiro 6059 do Cemitério do Caju, no Rio de Janeiro, e deposite ali uma flor.

cronologia

1912-1919

Jorge Amado nasce em 10 de agosto de 1912, em Itabuna, Bahia. Em 1914, seus pais transferem-se para Ilhéus, onde ele estuda as primeiras letras. Entre 1914 e 1918, trava-se na Europa a Primeira Guerra Mundial. Em 1917, eclode na Rússia a revolução que levaria os comunistas, liderados por Lênin, ao poder.

1920-1925

A Semana de Arte Moderna, em 1922, reúne em São Paulo artistas como Heitor Villa-Lobos, Tarsila do Amaral, Mário e Oswald de Andrade. No mesmo ano, Benito Mussolini é chamado a formar governo na Itália. Na Bahia, em 1923, Jorge Amado escreve uma redação escolar intitulada "O mar"; impressionado, seu professor, o padre Luiz Gonzaga Cabral, passa a lhe emprestar livros de autores portugueses e também de Jonathan Swift, Charles Dickens e Walter Scott. Em 1925, Jorge Amado foge do colégio interno Antônio Vieira, em Salvador, e percorre o sertão baiano rumo à casa do avô paterno, em Sergipe, onde passa "dois meses de maravilhosa vagabundagem".

1926-1930

Em 1926, o Congresso Regionalista, encabeçado por Gilberto

Freyre, condena o modernismo paulista por "imitar inovações estrangeiras". Em 1927, ainda aluno do Ginásio Ipiranga, em Salvador, Jorge Amado começa a trabalhar como repórter policial para o *Diário da Bahia* e *O Imparcial* e publica em *A Luva*, revista de Salvador, o texto "Poema ou prosa". Em 1928, José Américo de Almeida lança *A bagaceira*, marco da ficção regionalista do Nordeste, um livro no qual, segundo Jorge Amado, se "falava da realidade rural como ninguém fizera antes". Jorge Amado integra a Academia dos Rebeldes, grupo a favor de "uma arte moderna sem ser modernista". A quebra da bolsa de valores de Nova York, em 1929, catalisa o declínio do ciclo do café no Brasil. Ainda em 1929, Jorge Amado, sob o pseudônimo Y. Karl, publica em *O Jornal* a novela *Lenita*, escrita em parceria com Edson Carneiro e Dias da Costa. O Brasil vê chegar ao fim a política do café com leite, que alternava na presidência da República políticos de São Paulo e Minas Gerais: a Revolução de 1930 destitui Washington Luís e nomeia Getúlio Vargas presidente.

1931-1935

Em 1932, desata-se em São Paulo a Revolução Constitucionalista. Em 1933, Adolf Hitler assume o poder na Alemanha, e Franklin Delano Roosevelt torna-se presidente dos Estados Unidos da América, cargo para o qual seria reeleito em 1936, 1940 e 1944. Ainda em 1933, Jorge Amado se casa com Matilde Garcia Rosa. Em 1934, Getúlio Vargas é eleito por voto indireto presidente da República. De 1931 a 1935, Jorge Amado frequenta a Faculdade Nacional de Direito, no Rio de Janeiro; formado, nunca exercerá a advocacia. Amado identifica-se com o Movimento de 30, do qual faziam parte José Américo de Almeida, Rachel de Queiroz e Graciliano Ramos, entre outros escritores preocupados com questões sociais e com a valorização de particularidades regionais. Em 1933, Gilberto Freyre publica *Casa-grande & senzala*, que marca profundamente a visão de mundo de Jorge Amado. O romancista baiano publica seus primeiros livros: *O país do Carnaval* (1931), *Cacau* (1933) e *Suor* (1934). Em 1935 nasce sua filha Eulália Dalila.

1936-1940

Em 1936, militares rebelam-se contra o governo republicano espanhol e dão início, sob o comando de Francisco Franco, a uma guerra civil que se alongará até 1939. Jorge Amado enfrenta problemas por sua filiação ao Partido Comunista Brasileiro. São dessa época seus livros *Jubiabá* (1935), *Mar morto* (1936) e *Capitães da Areia* (1937). É preso em 1936, acusado de ter participado, um ano antes, da Intentona Comunista, e novamente em 1937, após a instalação do Estado Novo. Em Salvador, seus livros são queimados em praça pública. Em setembro de 1939, as tropas alemãs invadem a Polônia e tem início a Segunda Guerra Mundial. Em 1940, Paris é ocupada pelo exército alemão. No mesmo ano, Winston Churchill torna-se primeiro-ministro da Grã-Bretanha.

1941-1945

Em 1941, em pleno Estado Novo, Jorge Amado viaja à Argentina e ao Uruguai, onde pesquisa a vida de Luís Carlos Prestes, para escrever a biografia publicada em Buenos Aires, em 1942, sob o título *A vida de Luís Carlos Prestes*, rebatizada mais tarde *O cavaleiro da esperança*. De volta ao Brasil, é preso pela terceira vez e enviado a Salvador, sob vigilância. Em junho de 1941, os alemães invadem a União Soviética. Em dezembro, os japoneses bombardeiam a base norte-americana de Pearl Harbor, e os Estados Unidos declaram guerra aos países do Eixo. Em 1942, o Brasil entra na Segunda Guerra Mundial, ao lado dos aliados. Jorge Amado colabora na *Folha da Manhã*, de São Paulo, e torna-se chefe de redação do diário *Hoje*, do PCB, e secretário do Instituto Cultural Brasil-União Soviética. No final desse mesmo ano, volta a colaborar em *O Imparcial*, assinando a coluna "Hora da Guerra", e em 1943 publica, após seis anos de proibição de suas obras, *Terras do sem-fim*. Em 1944, Jorge Amado lança *São Jorge dos Ilhéus*. Separa-se de Matilde Garcia Rosa. Chegam ao fim, em 1945, a Segunda Guerra Mundial e o Estado Novo, com a deposição de Getúlio Vargas. Nesse mesmo ano, Jorge Amado casa-se com a paulistana Zélia Gattai, é eleito deputado federal pelo PCB e publica o guia *Bahia de Todos-os-*

-*Santos*. *Terras do sem-fim* é publicado pela editora de Alfred A. Knopf, em Nova York, selando o início de uma amizade com a família Knopf que projetaria sua obra no mundo todo.

1946-1950
Em 1946, Jorge Amado publica *Seara vermelha*. Como deputado, propõe leis que asseguram a liberdade de culto religioso e fortalecem os direitos autorais. Em 1947, seu mandato de deputado é cassado, pouco depois de o PCB ser posto fora da lei. No mesmo ano, nasce no Rio de Janeiro João Jorge, o primeiro filho com Zélia Gattai. Em 1948, devido à perseguição política, Jorge Amado exila-se, sozinho, voluntariamente em Paris. Sua casa no Rio de Janeiro é invadida pela polícia, que apreende livros, fotos e documentos. Zélia e João Jorge partem para a Europa, a fim de se juntar ao escritor. Em 1950, morre no Rio de Janeiro a filha mais velha de Jorge Amado, Eulália Dalila. No mesmo ano, Amado e sua família são expulsos da França por causa de sua militância política e passam a residir no castelo da União dos Escritores, na Tchecoslováquia. Viajam pela União Soviética e pela Europa Central, estreitando laços com os regimes socialistas.

1951-1955
Em 1951, Getúlio Vargas volta à presidência, desta vez por eleições diretas. No mesmo ano, Jorge Amado recebe o prêmio Stálin, em Moscou. Nasce sua filha Paloma, em Praga. Em 1952, Jorge Amado volta ao Brasil, fixando-se no Rio de Janeiro. O escritor e seus livros são proibidos de entrar nos Estados Unidos durante o período do macarthismo. Em 1954, Getúlio Vargas se suicida. No mesmo ano, Jorge Amado é eleito presidente da Associação Brasileira de Escritores e publica *Os subterrâneos da liberdade*. Afasta-se da militância comunista.

1956-1960
Em 1956, Juscelino Kubitschek assume a presidência da República. Em fevereiro, Nikita Khruchóv denuncia Stálin no 20º Congresso do Partido Comunista da União Soviética. Jorge Amado se desliga do PCB. Em 1957, a União Soviética lança ao espaço

o primeiro satélite artificial, o Sputnik. Surge, na música popular, a bossa nova, com João Gilberto, Nara Leão, Antonio Carlos Jobim e Vinicius de Moraes. A publicação de *Gabriela, cravo e canela*, em 1958, rende vários prêmios ao escritor. O romance inaugura uma nova fase na obra de Jorge Amado, pautada pela discussão da mestiçagem e do sincretismo. Em 1959, começa a Guerra do Vietnã. Jorge Amado recebe o título de obá arolu no Axé Opô Afonjá. Embora fosse um "materialista convicto", admirava o candomblé, que considerava uma religião "alegre e sem pecado". Em 1960, inaugura-se a nova capital federal, Brasília.

1961-1965

Em 1961, Jânio Quadros assume a presidência do Brasil, mas renuncia em agosto, sendo sucedido por João Goulart. Iuri Gagarin realiza na nave espacial Vostok o primeiro voo orbital tripulado em torno da Terra. Jorge Amado vende os direitos de filmagem de *Gabriela, cravo e canela* para a Metro-Goldwyn-Mayer, o que lhe permite construir a casa do Rio Vermelho, em Salvador, onde residirá com a família de 1963 até sua morte. Ainda em 1961, é eleito para a cadeira 23 da Academia Brasileira de Letras. No mesmo ano, publica *Os velhos marinheiros*, composto pela novela *A morte e a morte de Quincas Berro Dágua* e pelo romance *O capitão-de-longo-curso*. Em 1963, o presidente dos Estados Unidos, John Kennedy, é assassinado. O Cinema Novo retrata a realidade nordestina em filmes como *Vidas secas* (1963), de Nelson Pereira dos Santos, e *Deus e o diabo na terra do sol* (1964), de Glauber Rocha. Em 1964, João Goulart é destituído por um golpe e Humberto Castelo Branco assume a presidência da República, dando início a uma ditadura militar que irá durar duas décadas. No mesmo ano, Jorge Amado publica *Os pastores da noite*.

1966-1970

Em 1968, o Ato Institucional nº 5 restringe as liberdades civis e a vida política. Em Paris, estudantes e jovens operários levantam-se nas ruas sob o lema "É proibido proibir!". Na Bahia, floresce, na música popular, o tropicalismo, encabeçado por Caetano Veloso, Gilberto Gil, Torquato Neto e Tom Zé. Em 1966, Jorge Amado publica *Dona Flor e seus dois maridos* e, em 1969, *Tenda dos Milagres*. Nesse último ano, o astronauta norte-americano Neil Armstrong torna-se o primeiro homem a pisar na Lua.

1971-1975
Em 1971, Jorge Amado é convidado a acompanhar um curso sobre sua obra na Universidade da Pensilvânia, nos Estados Unidos. Em 1972, publica *Tereza Batista cansada de guerra* e é homenageado pela Escola de Samba Lins Imperial, de São Paulo, que desfila com o tema "Bahia de Jorge Amado". Em 1973, a rápida subida do preço do petróleo abala a economia mundial. Em 1975, *Gabriela, cravo e canela* inspira novela da TV Globo, com Sônia Braga no papel principal, e estreia o filme *Os pastores da noite*, dirigido por Marcel Camus.

1976-1980
Em 1977, Jorge Amado recebe o título de sócio benemérito do Afoxé Filhos de Gandhy, em Salvador. Nesse mesmo ano, estreia o filme de Nelson Pereira dos Santos inspirado em *Tenda dos Milagres*. Em 1978, o presidente Ernesto Geisel anula o AI-5 e reinstaura o habeas corpus. Em 1979, o presidente João Baptista Figueiredo anistia os presos e exilados políticos e restabelece o pluripartidarismo. Ainda em 1979, estreia o longa-metragem *Dona Flor e seus dois maridos*, dirigido por Bruno Barreto. São dessa época os livros *Tieta do Agreste* (1977), *Farda, fardão, camisola de dormir* (1979) e *O gato malhado e a andorinha Sinhá* (1976), escrito em 1948, em Paris, como um presente para o filho.

1981-1985
A partir de 1983, Jorge Amado e Zélia Gattai passam a morar uma parte do ano em Paris e outra no Brasil — o outono parisiense é a estação do ano preferida por Jorge Amado, e, na Bahia, ele não consegue mais encontrar a tranquilidade de que necessita para escrever. Cresce no Brasil o movimento das Diretas Já. Em 1984, Jorge Amado publica *Tocaia Grande*. Em 1985, Tancredo Neves é eleito presidente do Brasil, por votação indireta, mas morre antes de tomar posse. Assume a presidência José Sarney.

1986-1990

Em 1987, é inaugurada em Salvador a Fundação Casa de Jorge Amado, marcando o início de uma grande reforma do Pelourinho. Em 1988, a Escola de Samba Vai-Vai é campeã do Carnaval, em São Paulo, com o enredo "Amado Jorge: A história de uma raça brasileira". No mesmo ano, é promulgada a nova Constituição brasileira. Jorge Amado publica *O sumiço da santa*. Em 1989, cai o Muro de Berlim.

1991-1995

Em 1992, Fernando Collor de Mello, o primeiro presidente eleito por voto direto depois de 1964, renuncia ao cargo durante um processo de impeachment. Itamar Franco assume a presidência. No mesmo ano, dissolve-se a União Soviética. Jorge Amado preside o 14º Festival Cultural de Asylah, no Marrocos, intitulado "Mestiçagem, o exemplo do Brasil", e participa do Fórum Mundial das Artes, em Veneza. Em 1992, lança dois livros: *Navegação de cabotagem* e *A descoberta da América pelos turcos*. Em 1994, depois de vencer as Copas de 1958, 1962 e 1970, o Brasil é tetracampeão de futebol. Em 1995, Fernando Henrique Cardoso assume a presidência da República, para a qual seria reeleito em 1998. No mesmo ano, Jorge Amado recebe o prêmio Camões.

1996-2000

Em 1996, alguns anos depois de um enfarte e da perda da visão central, Jorge Amado sofre um edema pulmonar em Paris. Em 1998, é o convidado de honra do 18º Salão do Livro de Paris, cujo tema é o Brasil, e recebe o título de doutor honoris causa da Sorbonne Nouvelle e da Universidade Moderna de Lisboa. Em Salvador, termina a fase principal de restauração do Pelourinho, cujas praças e largos recebem nomes de personagens de Jorge Amado.

2001

Após sucessivas internações, Jorge Amado morre em 6 de agosto de 2001.

crédito das imagens

Todas as fotografias do ensaio visual são de Marepe.
A seguir, o título de cada obra.

p. 1: *Fita amarela*, c. 2010.

pp. 2-3: *Os filtros*, 1999.

pp. 4-5: *Rio fundo*, 2004.

pp. 6-7: *Coro de lata*, 2010.

pp. 8-9: *Sem título*, 1995.

pp. 10-11: *O telhado*, 1998.

pp. 12-13: *Flutuantes da feira*, 2004 (detalhe).

pp. 14-15: *Camas de vento*, 2010 (detalhe).

p. 16: *Doce céu de Santo Antônio*, 2001.

ESTA OBRA FOI COMPOSTA EM GT ALPINA PELA SPRESS E IMPRESSA
EM OFSETE PELA GRÁFICA IPSIS SOBRE PAPEL PÓLEN BOLD
DA SUZANO S.A. PARA A EDITORA SCHWARCZ EM JULHO DE 2022

A marca FSC® é a garantia de que a madeira utilizada na fabricação do papel deste livro provém de florestas que foram gerenciadas de maneira ambientalmente correta, socialmente justa e economicamente viável, além de outras fontes de origem controlada.